025825

D1650505

MIHANGEL MORGAN

Dirgel Ddyn

CYSTADLEUAETH Y FEDAL RYDDIAITH

Eisteddfod Genedlaethol Frenhinol Cymru 1993

Argraffiad cyntaf—1993

ISBN 1 85902 066 6

ⓗ Llys yr Eisteddfod

Cedwir pob hawl. Ni chaniateir atgynhyrchu unrhyw ran o'r cyhoeddiad hwn na'i
gadw mewn cyfundrefn adferadwy na'i drosglwyddo mewn unrhyw ddull na thrwy
unrhyw gyfrwng electronig, electrostatig, tâp magnetig, mecanyddol, ffotogopïo,
recordio, nac fel arall, heb ganiatâd ymlaen llaw.

Argraffwyd gan J. D. Lewis a'i Feibion Cyf.,
Gwasg Gomer, Llandysul, Dyfed

LIBRARY
........LO TECHNIC.. .OLLEGE

Amser: fersiwn gwahanol o'r gorffennol diweddar.

LIBRARY
...ALLO TECHNICAL COLLEGE

Y Rhan Gyntaf

LIBRARY
...LLO TECHNICAL...

1

Rhinwedd y cyffredin yw taclusrwydd. Neu efallai y dylwn ddweud mai'r hyn a gyfrifir yn rhinweddol yng ngolwg y cyffredin yw taclusrwydd, neu dwtrwydd—neu ddestlusrwydd, neu drefnusrwydd, neu gymhendod. Dw i ddim yn siŵr oherwydd nid fy eiddo i yw'r datganiad doeth a threiddgar hwn, gwaetha'r modd. Fe'i gwelais mewn ffilm Eidalaidd yn dwyn y teitl *Diwrnod Arbennig*. Felly cyfieithu yr ydw i. 'Rhinwedd y cyffredin yw taclusrwydd'. Dw i'n mynd i ysgrifennu'r geiriau 'na ar ddarn o bapur a'i osod ar y wal yn arwyddair fy mywyd, oblegid creadur blêr ydw i.

Yn y ffilm *Diwrnod Arbennig*, y mae Sophia Loren yn wraig tŷ rywle yn yr Eidal—ie, Sophia Loren yn wraig tŷ, mae'n anodd credu, ond mae'r stori'n gweithio, serch hynny—ac mae ganddi deulu mawr: llond tŷ o blant, gŵr corffol, blewog nad yw'n ei gwerthfawrogi hi o gwbl, ac mae hi'n byw yng nghartref ei thad a'i mam-yng-nghyfraith. Tra'i bod hi yng nghanol y bwrlwm hwn, am y ffordd â hi, heb yn wybod iddi, yn yr un bloc o fflatiau, mae Marcello Mastroianni yn byw. Mae'n byw ar ei ben ei hun ac mae e'n wrywgydiwr rhonc—haws dychmygu Sophia Loren yn wraig tŷ. Yn gefndir i'r cymeriadau hyn, ceir yr Achlysur Pwysig. Yr hyn sydd yn gwneud y diwrnod yn un arbennig yw bod Mussolini yn cyfarfod â Hitler ac â pob copa gwalltog i'w gweld yn y ddinas. Mae teulu Sophia Loren yn mynd yn un twr ond mae hi'n dewis aros ar ei phen ei hun gan esgus nad yw'n teimlo'n rhy dda.

9

Gyferbyn, a heb yn wybod iddi, wrth gwrs, y mae Marcello Mastroianni yntau yn aros ar ei ben ei hun. Sophia a Marcello yw'r unig eneidiau byw yn y fflatiau ac nid yw'r naill yn gwybod am fodolaeth y llall.

Yn awr, y mae gan un ohonynt, y naill neu'r llall, dw i ddim yn cofio p'un—'na fe, dw i hyd yn oed yn adrodd y stori hon yn flêr—y mae gan y naill neu'r llall aderyn, caneri bach neu fyji, a rhywsut neu'i gilydd mae'r aderyn hwn o eiddo'r naill yn dianc o'i gaets ac yn hedfan i fflat Marcello neu Sophia. Dyw hi ddim yn bwysig p'un oherwydd dim ond dyfais i ddwyn y ddau gymeriad ynghyd yw'r aderyn. Felly y mae'r ddau'n cwrdd ac yn dechrau siarad. Maen nhw'n sylweddoli nad oes neb ar ôl yn y fflatiau ac o'r dechrau un y mae'r ffaith hon yn eu huno. Arhosodd hi er mwyn cael ymhyfrydu yn llonyddwch y tŷ gwag, am newid. Mae ef wedi aros oherwydd ei fod yn ofni'r Ffasgiaid. A chyda hynny maen nhw'n dechrau siarad, dechrau rhannu cyfrinachau. Mae ef yn datgelu'i fod yn wrywgydiwr; mae hi'n cyffesu'i bod hi'n teimlo'n unig er bod ganddi deulu; does dim rhamant yn ei bywyd. Yna mae'r ddau'n caru a chlywir y dorf yn y cefndir yn bloeddio cymeradwyaeth i Hitler a Mussolini. A dyna'r 'diwrnod arbennig', mewn gwirionedd, bod y ddau gyd-enaid unig hyn wedi dod ynghyd, ac nid cyfarfod hanesyddol arweinwyr y Ffasgiaid a'r Natsïaid sy'n bwysig. Ar ôl iddyn nhw garu y mae'r ddau'n sylweddoli na fydd hynny'n newid dim ar y drefn. Rhaid i Sophia fynd yn ôl at ei theulu ac y mae Marcello yn dal i fod yn wrywgydiwr. Dw i ddim yn cofio'r diwedd. Mae Sophia yn dychwelyd at ei theulu ac y mae gen i ryw frith gof fod Marcello yn cael ei arestio gan y Ffasgiaid. Ta beth, yn y ffilm honno y clywais y datganiad mai 'rhinwedd y cyffredin yw taclusrwydd'. Dw i ddim yn cofio pwy sy'n dweud y geiriau—Marcello, efallai, wrth groesawu Sophia i'w fflat blêr, neu Sophia wrth iddi dderbyn Marcello yn ei fflat blêr hi. Hithau'n ymddiheuro am y blerwch ac yntau'n ceisio'i chysuro drwy ddweud 'rhinwedd y cyffredin yw taclusrwydd' a thrwy hynny awgrymu ei bod hi'n anghyffredin. Beth bynnag, dw i'n meddwl bod y geiriau 'na yn llawn doethineb a gwirionedd ac maen nhw'n cyfiawnhau fy mlerwch i. Felly, dw i'n mynd i'w harddel nhw a'u derbyn i'm bywyd a'u gosod ar y wal, ar wal fy stafell flêr, a hynny mewn llythrennau breision.

Roedden nhw'n hynod o addas y bore hwnnw pan ddeffroais am un ar ddeg o'r gloch i edrych o gwmpas y lle yng ngwyll y llenni llwyd caeedig. Yma a thraw ar hyd y llawr, hen bapurau siocledi, *Cadbury, Mars, Galaxy*, hen gwdynnau creision, hen gylchgronau a phapurau dyddiol, pentyrrau o lwch a hen sigarennau, hen duniau cwrw a ffa pob, cwpaneidiau o goffi ar eu hanner wedi hen oeri, platiau ag olion saws coch arnyn nhw. A llyfrau, pentyrrau o lyfrau cloriau meddal. Melvyn Bragg, Jeffrey Archer, P. D. James, Agatha Christie—sothach Saesneg yn gymysg â Dostoevsky, Joyce, Tolstoy, Henry James, Cervantes a moderniaid megis Beckett a Kafka a Calvino a García Marquez. Ac, wrth gwrs, fy llyfrau Cymraeg: T. H. Parry-Williams, R. Williams Parry, Waldo, Kate Roberts, Saunders Lewis, llyfrau ar Bantycelyn a Dafydd ap Gwilym ac Ann Griffiths. Dywedaf 'fy llyfrau Cymraeg, wrth gwrs' oherwydd hwy oedd fy nghynhaliaeth. Os gall Sophia Loren fod yn wraig tŷ unig a blinedig neu

Marcello Mastroianni yn wrywgydiwr merchetaidd, beth amdanaf i, yr athro llenyddiaeth Gymraeg i oedolion mewn dosbarthiadau nos? A finnau heb feddu mwy na dau-dau, gradd gyfun, Saesneg a Chymraeg? Ac nid yw'r ffaith taw dim ond gradd yn yr ail ddosbarth a gafodd Waldo yn ddim cysur i'r sawl sy'n methu cael swydd go-iawn. Cystal dweud 'enillodd Waldo 'run Gadair yn y Genedlaethol ond daeth e'n ail unwaith' wrth rywun sydd wedi cystadlu flwyddyn ar ôl blwyddyn—fel y fi eto, a chael ei osod yn yr ail ddosbarth bob tro.

Ond fe lwyddais i gael tipyn o waith yn y ddinas y flwyddyn honno yn dysgu llenyddiaeth Gymraeg i oedolion, fel y dywedais. Er gwaethaf fy ngradd ddilewyrch—ym marn y cyflogwyr,—er gwaethaf f'awdlau aflwyddiannus —ym marn y beirniaid, fe gyflwynwyd llenyddiaeth Cymru i'm gofal i'w throsglwyddo i'm disgyblion a disgyblion fy nisgyblion neu i'w plant ac i blant eu plant. Ac, wrth gwrs, roedd llenyddiaeth fy mamiaith yn fy nghynnal; y fath deimlad braf.

Ond pan ddihunais y bore hwnnw ac edrych ar y stafell o un cwr i'r llall, gwelais nad oedd y gwaith, er mor glodwiw ac anrhydeddus ydoedd, yn ddigon i gynnal hunan-barch. Doedd cyflwr fy myw ddim wedi gwella llawer ers imi fod ar y dôl. Roeddwn i'n dal i fyw yn yr un stafell fechan, yng ngŵydd yr un llenni llwydion, yr un dillad gwely melyn, yr un budreddi, yr un drewdod. Ac, ar ben y cyfan, roedd gen i ofidiau newydd: y baich o sicrhau bod digon o bobl yn ymuno â'r dosbarthiadau, y gofid o orfod paratoi gwaith ar eu cyfer. Doedd gen i mo'r gofidiau hynny ar y dôl, dim ond y budreddi a'r diffyg hunan-barch.

Roedd hi'n ddydd Mawrth eisoes a dosbarth i baratoi ar ei gyfer y noson honno. Trydydd dosbarth y tymor newydd hefyd. Y rheol y pryd hynny oedd bod rhaid cael deg aelod cofrestredig o leiaf wedi tanysgrifio i ddilyn y cwrs erbyn y drydedd wythnos; fel arall, byddai'n rhaid cau'r dosbarth. Roeddwn i'n dibynnu ar yr arian yr oeddwn i'n eu cael am y dosbarth hwnnw, felly doeddwn i ddim yn awyddus i'w weld yn dirwyn i ben. Felly, penderfynais y cymerwn un o'r cardiau ymaelodi a'i lenwi. Roedd yna bentwr ohonyn nhw ar y llawr ymhlith fy nodiadau. Heb godi o'r gwely, estynnais am un ac am ysgrifbin ac yna dechrau ar y dasg o'i lenwi. Bu'n rhaid imi ddyfeisio cymeriad. Ni allwn feddwl am enw—does gen i ddim dychymyg, dyna pam y byddwn i'n barddoni mewn cynghanedd yn hytrach nag ysgrifennu rhyddiaith —felly, penderfynais ar yr enw Ann Griffiths gan fy mod yn bwriadu cynnal dosbarth ar yr emynyddes y tymor hwnnw. Dyfeisiais gyfeiriad ffug. Yna rhoddais y fenyw rithiol hon yn adran yr henoed. Fy mwriad oedd mynd â'r cerdyn a'r arian priodol i'r swyddfa y noson honno. Fe lyncid y celwydd ac fe achubid y dosbarth o ganlyniad. Roedd yr ystryw yn un a dalai, felly—ddim ar ei chanfed, hwyrach, ond fe dalai.

Gwyddwn fod llawer o diwtoriaid eraill yn gwneud yr un peth er mwyn chwyddo aelodaeth eu dosbarthiadau ac er bod ysgrifenyddes a phennaeth y ganolfan yn y swyddfa yn cymryd arnynt fod yn anwybodus ddiniwed, roedd hi'n gyfrinach agored. Sonnid am yr holl ddisgyblion ffug hyn fel 'Cyfeillion Cwsg' neu fel 'Dirgel Ddynion', fel petaent yn aelodau go-iawn o'r dosbarthiadau ac yn eu mynychu dim ond i gysgu yn y cefn drwy gydol pob un o'r

13

gwersi. Serch hynny, ni chymeradwyid yr arfer, a dyna pam y penderfynais fod yn ochelgar.

I gofrestru aelod yn adran yr henoed, fe gostiai bedair punt. Sylweddolais ei bod yn ofynnol imi wisgo a mynd i'r ddinas i godi arian parod o'r banc. Codais o'r gwely a theimlo'n wan iawn, teimlo'n gyfoglyd, a chefais bwl o'r bendro. Arnaf fi roedd y bai; roeddwn i'n byw ar siocledi a choffi a sigarennau.

Mewn un ystafell y preswylia pob enaid tlawd yn y ddinas, os oes ganddo gartref o gwbl. Yn fy stafell i roedd 'na le i goginio a lle i ymolchi. Rhoddais degell ar y fflam nwy er mwyn berwi dŵr ar gyfer cwpanaid o goffi ac wrth aros i'r dŵr ferwi agorais y llenni a golchais fy wyneb mewn dŵr oer. Penderfynais mai peth doeth fyddai ymatal rhag edrych yn y drych.

Ar ôl imi wisgo a chribo fy ngwallt melyn tenau, yfed dau gwpanaid o goffi a smygu un sigarét, nid oeddwn yn teimlo fawr gwell, ac nid oeddwn yn barod i wynebu'r byd a'i realiti—beth bynnag yw hwnnw—ond fe agorais ddrws fy stafell a mentro trwyddo. Dyna gamgymeriad cyntaf y dydd.

Yno, yn f'aros ar y grisiau, roedd y landlord, Mr Schloss, a'i gath. Roedd e'n dal yr hen gath yn ei freichiau ac yn mwytho'i phen. Roedd y gath yn ddu ac edrychai'n debyg i ryw fath o lew cywasgedig.

'Bore da, Mr Cadfaladr,' meddai mewn Cymraeg a'i acen yn bradychu ei wreiddiau Almaenig. 'Oes gen ti siec i fi?'

'Oes,' meddwn i, yn hytrach na dadlau. Ysgrifennais siec yn y fan a'r lle gan feddwl, wrth imi'i llofnodi, nad oeddwn wedi cael fy nhalu am y dosbarthiadau eto ac nad oedd gen i, mwy na thebyg, lawer o arian yn y banc.

'Diolch yn fawr, Mr Cadfaladr, dydd da i chi.'

Roedd e'n hapus. Roedd ganddo stribyn o wallt du a ymestynnai, dros gyfandir o gorun moel, o ochr chwith ei ben i'r ochr dde. Rhoes ei fysedd—y bysedd a fu'n mwytho'r gath—dros yr un stribyn hwn o wallt, fel petai am wneud yn siŵr ei fod yn ei briod le. Ac wedi gwneud hynny, gwenodd arnaf. Roedd ei ddannedd yn felyn ac yn ddu. Doedd e ddim wedi eillio'i ruddiau ac er bod ei wallt yn ddu roedd ei farf yn wyn.

'Chi yw'r unig un yn y tŷ 'ma dw i'n ei drystio, Mr Cadfaladr,' meddai. 'Mae pawb ond chi ar y dôl.'

'Ro'n i ar y dôl tan yn ddiweddar hefyd.'

'Ond rŷch chi fedi codi oddi ar dy ben ôl ac fedi ffeindio gfaith. Chi'n athro. Dyn dysgedig. Llythrennau ar ôl d'enw. Fi fedi eu gfeld nhw ar amlenni eich llythyron.'

'Dim ond dwy lythyren, Mr Schloss.'

'Mwy na sydd 'da fi. Ga' i ddfeud rhywbeth wrthoch chi, Mr Cadfaladr, ga' i'ch trystio chi?'

'Cewch, Mr Schloss,' meddwn yn betrus.

'Mae'r holl bobl yn y tŷ 'ma, y dieithriaid di-faith, maen nhw'n codi cyfog arna' i. Er 'mod i'n estron yn eich gflad chi, Mr Cadfaladr, dw i fedi dysgu'ch iaith, dw i ddim yn hoffi'r bobl 'ma. Maen nhw'n dân ar fy nghroen i, fel rŷch chi'n dfeud. Rhyngoch chi a fi, Mr Cadfaladr, roedd gan Adolf rai syniadau da iawn, yn fy marn i. Yr Iddefon, y gwrywgydfyr, y sipsiwn, ffanatigiaid Tystion Jehofa—eu llosgi nhw i gyd—a'r di-faith diog hefyd. A chi eisiau gwbod rhywbeth arall, Mr Cadfaladr?'

'Be'?'

'Camgymeriad oedd cael gfared ar Magi. Roedd hi'n santes, Mr Cadfaladr, yn santes.'

Ar hynny, troes yn araf ar sawdl ei slipanau a cherdded yn araf i lawr y grisiau, a'i hen gath yn ei freichiau o hyd. Aeth i'w stafell a chlywais ef yn cloi'r drws ar ei ôl.

Cerddais innau i lawr y grisiau ac allan o'r tŷ i'r awyr—oedaf cyn dweud iach; prin y gweddai'r disgrifiad hwnnw. Roedd hi'n wlyb ac yn oerllyd ac yn seimllyd. Gallwn deimlo'r asid yn y dafnau a synhwyro'r twll yn yr haen oson a'r llygredd a ddeuai o'r ceir yn yr awel a chwipiai f'wyneb.

Penderfynais ymsirioli. Ymsiriolwn, doed a ddelo. Pa ddiben bod yn ddigalon? Onid oedd gen i waith a statws? Roedd Mr Schloss yn fy nghyfri'n ddyn dysgedig; roedd gen i gymwysterau a'm harbedai rhag y siamberi nwy. Roedd rhamant yn y tywydd, hiraeth yn yr hinsawdd. Gwelais gath fach goch heb gynffon yn croesi'r stryd, un lawer mwy dymunol yr olwg na chath Mr Schloss. Daeth ataf a rhwbio yn erbyn fy nghoesau yn sionc.

'Helô, gymdoges-gath,' meddwn i.

Ar fy ffordd i'r dref, er gwaethaf fy ymdrech i fod yn llawen, teimlwn yn ddieithr ac yn ysgaredig oddi wrth bawb a phopeth arall, fel Catherine Deneuve yn ffilm Roman Polanski *Repulsion*. Mae hi'n cerdded drwy'r strydoedd heb sylwi ar ddim o'i chwmpas, hyd yn oed damwain erchyll ar ochr y ffordd. Mae'n ffilm wych. Mewn un olygfa, mae hi'n cerdded drwy ryw goridor cul ac yna'n sydyn dyma'r holl ddwylo 'ma yn saethu allan o'r waliau, yn rhan o'r waliau, ac yn gafael ynddi ac yn ei mwytho. Rhyw fath o hunllef yw'r olygfa honno. Yn y

stori—ac unwaith eto, dw i'n adrodd y stori'n flêr iawn—
mae Catherine Deneuve yn lladd y dyn ifanc sydd yn ei
ffansïo ac wedi ceisio'i threisio, ac mae hi'n cadw'i gorff
yn y fflat lle mae hi'n byw. Yr hyn sy'n ddoniol am y rhan
honno o'r ffilm yw bod y ferch yn cuddio'r corff dan y
soffa! Hynny yw, mae hi'n troi'r soffa wyneb i waered i
guddio'r dyn a laddwyd ganddi.

Un o'r pethau cyntaf a welais yn y ddinas y diwrnod
hwnnw oedd haid neu dorf fechan (os oes modd cael torf
fechan) o bobl yn aros am rywbeth neu rywun. Roedd
dyn yn cael ei ddenu i sefyll yn eu plith i weld beth neu
bwy a ddisgwylient. Ond yn lle hynny, fe gerddais yn fy
mlaen gan feddwl mor ddigri a rhyfedd yw dyn fel
rhywogaeth, yn wahanol i'r anifeiliaid eraill. Un sy'n
sefyllian fel'na, yn aros am rywbeth neu'n mynd i rywle,
neu'n syllu ar bethau neu ar aelod arall o'r rhywogaeth.
I beth? Dyw anifeiliaid ddim yn gwneud pethau fel'na.
Dw i'n edmygu anifeiliaid; mae cyfeiriad i'w bywydau
nhw i gyd. Maen nhw'n ymdrechu i oroesi, i genhedlu a
magu rhai bach, ac yn ymorol am fwyd—am fwyd yn
bennaf. Does dim cyfeiriad i'n bywydau ni. Y mae ein
hagwedd tuag at fwyd a bwyta ac yfed, hyd yn oed, yn
wirioneddol ryfedd. Yr holl baratoadau, y dewis a'r
dethol, y siglo a'r troi a'r cymysgu. Pam ac i beth?

Diolch i'r drefn, nid yn aml y byddwn i'n cael y pyliau
athronyddol, argyfwng-gwacter-ystyraidd hyn.

Llithrais yn llechwraidd i'r banc gan deimlo'n
ymwybodol o'r camerâu yn syllu'n uniongyrchol arnaf,
yn gwylio fy holl symudiadau. Gwthiais fy ngherdyn
plastig i'r hollt yn y peiriant a'i wylio'n llithro'n
ddiymdrech i'r hafn a luniwyd yn bwrpasol ar ei gyfer.

Pwysais fy rhif cyfrin trwy wasgu'r botymau bach sgwâr. Gofynnais i'r peiriant oraclaidd fy hysbysu faint oedd yn fy nghoffrau, a diolch i'r drefn roedd digon yno i'm galluogi i godi tipyn o arian, hyd yn oed gan gymryd i ystyriaeth y siec a roddwyd i dalu Mr Schloss. Mewn geiriau eraill, doedd hi ddim yn argyfwng arnaf eto, er fy mod yn agos at y dibyn. Doedd dim byd i'w wneud ond gobeithio y deuai'r tâl am fy ngwaith yn y dosbarth cyn bo hir. Roeddwn i mor anhrefnus, doeddwn i ddim wedi nodi pryd y byddwn yn cael fy nhalu hyd yn oed.

Cerddais i gaffe i gael tamaid i'w fwyta a chwpanaid o goffi. Gwaetha'r modd, fe welais un o'm cymdogion, preswylydd tlawd arall un o stafelloedd o dan do Mr Schloss. Hwn oedd yr un mwyaf siaradus ohonyn nhw i gyd—yn wir, at ei gilydd, tawedog iawn oedd y lleill—ac nid oedd modd ei osgoi. Amneidiodd ei gyfarchiad arnaf wrth i mi groesi trothwy'r caffe. Archebais frechdan gaws a choffi—ni fyddaf yn bwyta cig na physgod—a mynd i eistedd gyferbyn â Ffloyd, fy nghymydog.

Dyn ifanc oedd Ffloyd. Roedd wedi colli'i lygad chwith a gwisgai lygad wydr. Roedd y llygad yn un ddilys ar yr olwg gyntaf; roedd yn anodd dweud pa un oedd yn ffug, ond ni symudai'r chwith gymaint â'r llall.

'Wel, sut wyt ti? Ddim wedi dy weld ti ers amser.'

'Dw i wedi bod yn cadw'n dawel.'

'Clywais yr hen Schloss yn stelcian o gwmpas heddiw.'

'Roedd e ar y grisiau gyda'i gath y bore 'ma. 'Nes i dalu fy rhent iddo, er mwyn bod yn ei lyfrau da.'

'Ar ddydd Mawrth?'

'Ie. Bob dydd Mawrth mae'n casglu fy rhent i.'

'Pam?'

'Achos ar ddydd Mawrth y symudais i mewn i'r stafell.'

'O'n i'n meddwl ei fod e'n dod i nôl fy rhent i ar ddydd Llun achos ei bod yn ddechrau'r wythnos ond, erbyn meddwl, ar ddydd Llun y symudais innau i mewn. Felly, dyna'r rheswm.'

'Mae Schloss yn ddyn od iawn.'

'Mae e fel fampir. Dw i'n meddwl ei fod e'n bwydo'r hen gath 'na ar lond soseri o waed a chalonnau babanod bach.'

Dywedodd Ffloyd hyn wrth imi gnoi'r gegaid gyntaf o'r frechdan. Dw i ddim wedi blasu dim cig ers bron i bymtheng mlynedd ac erbyn hyn y mae meddwl am waed yn codi cyfog arnaf. Alla' i ddim cerdded heibio i siop gigydd heb deimlo'n benysgafn. Chwiliais yn frysiog am ddelwedd arall. Ond ni ddaeth yr un. Diolch i'r drefn, newidiodd Ffloyd y sgwrs.

''Ti'n gweld y ferch 'na? Y blond.'

'Ydw.' Dilynais lygad dde Ffloyd a sylwais ar ferch hardd yn cerdded ar y pafin.

'Ro'n i'n arfer cysgu 'da hon'na.'

'Wir?'

'Wir. Mae'n bert, on'd yw hi?'

'Ydy. Be' ddigwyddodd?'

'Wel, ro'n ni'n dod ymlaen yn dda iawn gyda'n gilydd ond doedd hi ddim yn licio'r merched eraill.'

'Pa ferched eraill?'

'Y merched eraill oedd yn cysgu 'da fi ac eisiau cysgu 'da fi.'

'Roeddet ti'n cysgu gyda'r ferch 'na ac yn mynd gyda merched eraill yr un pryd?'

'O'n. Dim dewis 'da fi. Ond roedd hon'na'n ofnadw o genfigennus. Ofnadw.'

'Beth oedd ei henw?'

'Pwy? Y ferch benfelen 'na?'

'Ie.'

'O, dw i ddim yn cofio nawr. Barbara neu rywbeth. Dw i wedi cael cymaint o ferched eraill yn y cyfamser.'

Yna fe ddechreuodd restru'r holl ferched hyn gan eu dosbarthu yn ôl rhinweddau eu bronnau, eu coesau, eu tinau, ac yn y blaen. Yn ystod y truth hwn, ceisiais feddwl am ffordd hwylus i lyswennu ymaith o'r sefyllfa. Ni fyddai dianc yn hawdd. Roedd gan Ffloyd y diwrnod ar ei hyd i frolio am ei orchestion a'i fabolgampau rhywiol. Roeddwn wedi penderfynu yr awn i'r sinema ac wedyn i'r llyfrgell i baratoi ar gyfer y dosbarth y noson honno.

Dw i'n licio ffilmiau ac arferwn fynd i'r sinema ddwywaith yr wythnos. Roedd yn well gen i hen ffilmiau na rhai newydd ond roedd ffilm newydd yn well na phrynhawn o ddiddymdra gwag neu wrando ar ymffrost Ffloyd.

'Wel,' meddwn i â thinc terfynol ar ôl imi orffen fy mrechdan a'r coffi, 'rhaid imi fynd, mae arna' i ofn. Dw i'n cwrdd â merch y tu allan i Neuadd y Ddinas ymhen chwarter awr.'

Llyncodd Ffloyd yr esgus hwn. Roeddwn i'n siarad ei iaith ei hun. Wrth imi'i adael, winciodd arnaf â'i lygad go-iawn.

Peth amheuthun yw cael mynd i weld ffilm o safon mewn sinema fach mewn dinas fawr ganol yr wythnos. Fel arfer, bydd y sinema'n wag a gellir ymlacio'n llwyr, anghofio am y byd tu allan ac uniaethu ag arallfyd y ffilm.

Yn ôl f'arfer, y prynhawn tyngedfennol hwnnw, cyn imi fynd i'r sinema, prynaswn yn *Marks & Spencers* ddetholiad o ddanteithion i'w bwyta yn ystod y ffilm; brechdan gaws a *coleslaw* (llawer gwell nag a gawswn yn gynharach yn y caffe), pecyn swmpus o greision blas caws a winwn, bar o siocled gwyn, carton bach o sudd afal, a swpyn bach o rawnwin gwyrdd, dihadau. O'r moethusrwydd! Y fath wledd afradlon—a finnau mor dlawd—a digywilydd o annuwiol.

A'r ffilm a welais y prynhawn hwnnw? Un o'r ychydig sydd wedi ymddangos er 1962 y gellid ei galw'n glasur sef *Kiss of the Spider Woman,* ffilm am nerth rhith, y dychymyg yn trechu grym ac amgylchiadau. Beth sy'n digwydd yn y ffilm? Beth yw'r stori? Wel, dim, neu'r nesaf peth i ddim. O leiaf ni cheir anturiaethau yn null ffilmiau Harrison Ford. Dim cyffro, dim symud cyflym. Dim ond tyndra a disgwyl, a thristwch sy'n datblygu yn araf. Dau ddyn mewn cell ofnadwy mewn gwlad dan ormes unben. Y naill wedi'i garcharu am ryw drosedd rywiol a'r llall dan glo am fynegi barn wleidyddol—ond dw i ddim yn gwneud cyfiawnder ag arwyddocâd yr elfen hon yn y ffilm. Dw i'n rhy flêr, yn ôl f'arfer. Beth bynnag, mae Raul Julia, sy'n chwarae rhan y dyn â'r daliadau gwleidyddol pendant, yn greadur gwyllt ac anystywallt. Er mwyn difyrru hwn ac er mwyn achub ei groen ei hun, y mae'r llall, William Hurt, yn sôn wrtho am hen ffilmiau, gan eu disgrifio fel pe bai'n eu hadrodd fel storïau. Disgrifia hwy'n fanwl iawn (yn fanylach o lawer nag yr ydw i'n ei wneud yn awr, er mor hoff ydw i o fanylion) gan actio rhannau ohonyn nhw. Mae'r ffilmiau hyn yn epigau. Mae William Hurt yn troi'n gyfarwydd, fel cyfarwyddiaid y Mabinogi neu, yn hytrach, yn rhyw fath o Scheherasade, gan draddodi cyfres o storïau fesul pennod neu un stori hir amlochrog, episodig, gan gadw'r gwrandawr ar ddibyn disgwyl ar ddiwedd pob episod, ar derfyn pob dydd.

O! roedd hi'n ffilm arbennig, gwbl lwyddiannus. Un o'm hoff ffilmiau. Ffilm am ffilmiau ac am garwr ffilmiau neu, yn hytrach, ffilm am storïwr a charwr storïau, ac am hud storïau.

Roedd hi'n anodd ymddihatru o afael swyn y sinema y diwrnod hwnnw. Ond pan adewais, roedd hi'n bump o'r gloch eisoes—dim ond dwy awr yn weddill cyn y dosbarth a finnau heb baratoi dim.

Cerddais yn syth i Lyfrgell y Ddinas. Roedd hi'n oer, yn glawio'n ddigalon eto ac yn dechrau tywyllu. Roedd y llyfrgell, fel arfer, yn llawn o bobl od. Bydd llyfrgelloedd yn denu pobl od fel magned am ryw reswm. Y mae'r unig a'r anghyffredin, y di-waith a rhai o'r digartref hefyd yn cyrchu'r llyfrgell mewn tywydd oer. Bydd myfyrwyr a darllenwyr cyffredin, a minnau yn eu plith, yn gorfod cymysgu â nhw—nid bod hynny'n annifyr o gwbl gan fod i'r boblach od hyn eu hapêl.

Pan af i'r llyfrgell, fe'i caf yn anodd ymatal rhag mynd yn syth at y llyfrau ar ffilmiau. Y noson dyngedfennol honno, ymgroesais rhag gwneud hynny ac anelais yn unllygeidiog am y silffoedd llenyddiaeth Gymraeg. Dewisais gyfrol o gerddi T. H. Parry-Williams a chyrchu at un o'r byrddau hirion llwyd. Gwyddwn ped eisteddwn yn un o'r cadeiriau esmwyth yr awn i gysgu, nid oherwydd bod cerddi Parry-Williams yn drymaidd—i'r gwrthwyneb

—eithr oherwydd fy mod yn teimlo'n flinedig erbyn hynny.

Ceisiais ganolbwyntio ar y gerdd 'Y Ferch ar y Cei yn Rio' gan fwriadu ei thrafod yn y dosbarth y noson honno. Ni ddywedaswn yn bendant yn y dosbarth yr wythnos flaenorol yr union beth yr oeddwn i'n mynd i'w wneud yn y cyfarfod nesaf. Awgrymaswn waith Parry-Williams ac eraill, Waldo a T. Gwynn Jones, ond y noson honno roedd rhywbeth yn fy nenu at 'Y Ferch ar y Cei yn Rio', un o'm hoff gerddi. Mae'r gerdd yn dweud y cyfan ac eto mae'n llawn dirgelwch. Meddyliwn weithiau a fyddai'n bosibl cael mwy o wybodaeth am y ferch honno drwy ysgrifennu at bobl yn y wlad honno. Siawns nad oedd rhywun arall wedi sylwi arni, rhyw fardd arall wedi canu iddi, rhyw arlunydd neu ffotograffydd wedi tynnu'i llun, rhyw hen ŵr neu hen wraig yn ei chofio neu'n cofio eraill yn sôn amdani. Neu tybed ai Parry-Williams oedd yr unig un i sylwi arni a'i throi yn ddarn o gelfyddyd? Dyna beth yw athrylith, hwyrach, sylwi ar yr hyn y mae pawb arall yn ei basio. Ond ni chollais yr awydd i dreiddio i'r dirgelwch ar hanes y ferch a'i chyfrinach. Pwy oedd hi? A oedd hi'n wallgof neu'n egsentrig? Pam oedd hi'n cadw'r llygod fel'na? A oedd hi'n feddwyn, yn ddigartref, yn dlawd, heb fod yn llawn llathen? A ymwelai â'r Cei yn gyson, ai'r diwrnod hwnnw pan ddigwyddai ein bardd ni o Gymru fod yno oedd yr unig dro iddi fod yno ei hun? A oedd ganddi hanes dan ei mynwes i'w adrodd, hanes brad a siom serch, fel yr awgryma'r gerdd, ynteu ai parabl lloerig a fuasai iddi er ei genedigaeth? Roedd un peth yn sicr, ni fyddwn yn dod o hyd i'r ateb y diwedydd hwnnw yn y llyfrgell. Roedd y diffyg atebion yn ddigon i wylltio dyn a'i yrru o'i gof.

O leiaf gallwn ddefnyddio'r cwestiynau hyn a sbarduno trafodaeth yn y dosbarth ar ôl sôn am y bardd a'i waith a chyfeirio at grefft y gerdd.

Dw i'n cofio edrych i fyny o'r llyfr ar ôl myfyrio uwchben y farddoniaeth fel'na am dipyn a sylwi ar y dyn a ddaethai i eistedd gyferbyn â mi. Hen ddyn rhyfedd yr olwg. Roedd ganddo dalcen eang, uchel a moel, barf ddu drionglog. Yng nghanol ei dalcen roedd craith arswydus. Roedd rhywbeth neu rywun wedi'i fwrw yn ei dalcen amser maith yn ôl ac yntau wedi goroesi'r digwyddiad. Fe'i gwelswn yn y llyfrgell sawl tro eisoes. Fel arfer, byddai ganddo bentwr o lyfrau catalogaidd diflas yr olwg, ac roedd yn nodi rhifau mewn llyfryn poced yn yr ysgrifen fanaf a welwyd erioed, hyd y gwn i, rhifau bach coch a du.

Wrth f'ochr i, eisteddai dau gymeriad cyfarwydd arall. Menyw tua chwe deg pump neu saith deg oed, a'i gwallt hir wedi britho, sbectol ar ei thrwyn a golwg surbwch ar ei hwyneb. Ac wrth ei hochr hi, dyn yn ei dri-degau, efallai, â gwallt hir—heb fod mor hir â gwallt y fenyw— ychydig dros ei goler, heb sbectol. Roedd y ffaith ei fod heb sbectol yn amlwg, oherwydd codai'r llyfr a darllenai â'i drwyn yn cyffwrdd â'r tudalennau yn llythrennol. Arferai'r fenyw ddarllen llyfrau ar ddau bwnc yn unig— cathod a hanes yr Iddewon. Arferai'r dyn ifanc ddarllen llyfrau ar sut i wneud ffortiwn mewn byr o dro heb orfod ymdrechu llawer. Roedd y ddau gyda'i gilydd bob amser yn y llyfrgell, ac yno bob dydd hefyd, hyd y gwyddwn i, a dyfalwn mai mam y dyn oedd y wreigan.

Sylwais ar y cloc ar y wal a gweld ei bod yn chwarter

24

wedi chwech; hen bryd imi adael y llyfrgell a mynd i ddal y bws a'm cludai o ganol y ddinas i'r faestref ac i'r ganolfan lle'r oedd fy nosbarth y noson honno.

Roedd hi'n dal i fwrw glaw a bu'n rhaid imi sefyll yng ngwlybaniaeth y gwyll am hydoedd cyn i'r bws ymddangos. Tra arhoswn, meddyliais fod pawb yn y byd nad oedd yn sefyll am y bws hwnnw y noson honno yn ddoethach ac yn well eu byd na fi.

Eisteddais yn wlyb at fy nghroen wrth ochr rhyw fenyw dew a fynnai grafu'i phen yn ddiddiwedd. Gwyliais ddyn milwraidd yr olwg, cadfridog neu gyrnel, efallai, yn dod ar y bws ac yn eistedd gerllaw. Tynnodd rywbeth o'i boced a chwythu'i drwyn ynddo. 'Rywbeth', meddaf, oherwydd nid macyn neu nisied neu hances mohono, fel y disgwylid, eithr hosan merch. Dododd yr hosan yn ôl, yn ddigynnwrf, yn ei boced, fel petai'r peth yn hollol naturiol. Ond fe'm trawyd gan yr anghysondeb. Roedd yr hosan allan o'i chyd-destun, megis. Yn sydyn, dyma fi'n dechrau meddwl pam y chwythodd ei drwyn yn y fath ddilledyn. A oedd ei wraig neu'i ferch wedi rhoi'r hosan yn ei boced ar gam yn lle macyn, neu fel jôc? Neu a oedd yr hen ddyn wedi gadael y tŷ ar frys, wedi teimlo'i drwyn yn rhedeg ac wedi gafael yn y peth agosaf, sef hosan 'i wraig—neu'i gariad, neu'i feistres hyd yn oed—a dyna fe ar ei ffordd yn ôl at ei wraig heb sylweddoli'i fod yn cario tystiolaeth o'i odineb yn ei gôt? Neu a oedd y dyn parchus yr olwg hwn yn rhywun â meddwl gwyr-droëdig, yn llofrudd, efallai, a oedd newydd dagu rhyw ferch druan â'r hosan yr oedd e'n awr yn ei ddefnyddio'n ddifater fel clwtyn wrth chwythu'i drwyn?

Cyrhaeddodd y bws y ganolfan; rhedais innau drwy'r glaw er nad oedd modd i'm dillad fod yn wlypach.

Fe es i â'r cerdyn a'r arian yn syth i'r swyddfa er mwyn cofrestru 'Ann Griffiths' yn aelod o'r dosbarth. Canfûm yr ysgrifenyddes, Siriol, yn y swyddfa ar ei phen ei hun, heb Ceryl, pennaeth y ganolfan.

'Noson wlyb,' meddwn i wrth gyfarch Siriol.

'Ie,' meddai Siriol, yn swta.

'Dyw Ceryl ddim yma eto?'

'Nac ydy,' atebodd yn surbwch. 'Cofiwch,' ychwanegodd a'm tynged yn ei llais, 'os nad oes deg 'da chi heno, bydd rhaid cau'r dosbarth.'

'Wel,' meddwn i, gan ddal fy nhir, 'mae gen i aelod newydd. Dyma'r cerdyn a dyma'r arian.'

'Ble mae hi, 'te?'

'Doedd hi ddim yn gallu dod heno. Dw i'n ei nabod hi. Rhoes hi'r cerdyn a'r arian i mi y prynhawn 'ma er mwyn imi gael ei chofrestru.'

'Dim ond pedair punt sy 'ma.'

'Ie. Wedi ymddeol y mae hi, ar ei phensiwn. Henoed.'

'Welsoch chi ei cherdyn pensiwn hi?'

'Do,' meddwn i, gan wybod nad oedd fy ngwedd yn celu'r anwiredd.

''Chi'n siŵr?'

'Ydw, wrth gwrs.'

'Achos rŷn ni'n gorfod bod yn llawer mwy llym a gofalus y tymor 'ma. Cafodd rhai o'r tiwtoriaid mewn canolfannau eraill eu dal yn cofrestru pobl ffug— 'cyfeillion cwsg', 'dirgel ddynion', fel mae rhai yn eu galw nhw—wrth iddyn nhw geisio sicrhau'r rhifau angenrheidiol.'

'Felly dw i wedi clywed,' meddwn i yn hollol ddiniwed.

'Ac wedyn y ganolfan sy'n cael ei chosbi. Byddaf i'n colli fy swydd. Yr ysgrifenyddes sy'n cael y bai bob amser. Ac alla' i ddim fforddio colli'r swydd 'ma. Mae dwy gath 'da fi.'

'Mae popeth yn iawn, peidiwch â phoeni.'

'Dw i ddim wedi clywed am y stryd 'ma,' meddai Siriol yn ddrwgdybus gan ddarllen y cerdyn drachefn. 'Dw i wedi bod yn gweithio yn y ganolfan 'ma ers dros wyth mlynedd a dw i erioed wedi clywed am y stryd sydd ar y cerdyn 'ma.'

'Ydych chi'n siŵr? Mae'n un o'r strydoedd yn un o'r stadau newydd 'na.'

'Mae'r sgrifen yn hynod o debyg i'ch sgrifen chi, Mr Cadwaladr. Yn drwm ac yn grwn. Baswn i'n nabod y sgrifen 'na yn rhywle.'

'Dim byd tebyg,' meddwn i. Doeddwn i ddim wedi disgwyl y fath groesholi.

'Ydych chi'n siŵr eich bod chi'n dweud y gwir?'

'Beth yw hyn, "Rhodd Mam"? Bydd Mrs Griffiths yn dod yma'r wythnos nesaf; fe ddo' i â hi i'r swyddfa i'w chyflwyno i chi er mwyn i chi gael cwrdd â hi yn y cnawd os liciwch chi.'

'Does dim eisiau gweiddi, Mr Cadwaladr. Rŷn ni'n gorfod gwneud yn hollol siŵr y dyddiau hyn, rhag ofn. Mi wna i dderbyn eich gair y tro hwn beth bynnag.'

'O, diolch yn fawr iawn!' meddwn i'n goeglyd.

Wrth i mi adael y swyddfa, sylwais nad oedd gan Siriol na gwddwg na gwar o gwbl. Roedd ei phen wedi'i osod ar ei hysgwyddau, fel pe na bai dim yn ei gynnal.

Cerddais ar hyd y coridor hir tuag at fy stafell ddosbarth, a'm sodlau gwlyb yn gwichian fel plentyn yn cael ei lusgo'n anfodlon ar hyd y llawr pren caboledig i'w wersi. Roedd y coridor yn gwneud imi feddwl eto am yr olygfa honno lle mae'r dwylo'n ymddangos ac yn gafael yn Catherine Deneuve.

Y cyntaf i gyrraedd y noson honno—chwarter awr o flaen pawb arall, yn ôl ei arfer—oedd Cyril. Tipyn o ieithgi oedd e. Roedd wedi dysgu Gwyddeleg, Llydaweg a Basgeg yn ogystal ag ieithoedd mwy Imperialaidd eu hanes megis Saesneg (ei famiaith), Ffrangeg, Sbaeneg, ac roedd e'n dal i weithio, meddai, ar ei Almaeneg gyda'r bwriad o gyfieithu holl weithiau Franz Kafka i'r Gymraeg rywbryd. Er gwaethaf ei holl ddysg, doedd dim swydd o waith go-iawn ganddo. Treuliai'i amser yn Llyfrgell y Ddinas lle byddwn yn ei weld e'n aml, yn pori mewn geiriaduron a gramadegau. Gwaetha'r modd, doedd e ddim yn greadur deniadol iawn. Ni fyddai'n golchi'i wallt yn aml; hongiai'r cudynnau seimllyd ar ei war fel cynffonnau llygod mawr. Ni fyddai'n glanhau'i ddannedd yn aml chwaith. Roedd y rheini'n wyrdd. Yn wir, roedd ei ddillad, hyd yn oed, yn fwsoglyd eu gwedd. Cyril List-Norbert oedd ei enw go-iawn, ond yn fy meddwl fe'i galwn yn Cyril Llysnafedd.

Mae'n anodd ar athro pan fo rhywun fel Cyril yn dod yn gyson i'w ddosbarth, ac mae un ym mhob cwrs nos, fe ymddengys. Gwnawn ymdrech lew i'w licio nhw i gyd gan geisio f'atgoffa fy hun fod ganddyn nhw eu teimladau a'u hanghenion emosiynol, a'u bywydau mewnol, ac yn y blaen, ac nad wyf innau'n Adonis o bell ffordd. Ond nid yw hynny'n tycio, chwaith. Ni allwn glosio atyn nhw.

Harddwch allanol sy'n llywodraethu'r byd hwn, a naw wfft i'r rhinweddau mewnol.

'Bwrw. Gwlaw,' meddai Cyril Llysnafedd. Dau air. Dwy frawddeg.

'Ydy. Noson gas,' meddwn innau. Sylwadau digon amlwg o gofio ein bod ni'n dau'n wlyb domen.

Wedyn, daeth Eileen Morton. Y peth trawiadol amdani hi oedd ei bod hi'n sych, fwy neu lai, oherwydd daethai yn ei *Volvo* ac ni bu angen iddi wneud mwy na rhedeg o'r maes parcio i'r ysgol.

Roedd hi'n athrawes wedi ymddeol ac roedd ei gŵr o Sais, a fu gynt yn gasglwr trethi, yntau wedi ymddeol. Gallai fanteisio ar y gostyngiadau ar gyfer yr henoed a thalu'r nesaf peth i ddim am y cwrs er ei bod yn ddigon cefnog.

Hanai Eileen Morton o gefn gwlad Gorllewin Cymru ac ni allai neb yn y dosbarth ddeall mwy nag un gair o bob pump a lefarai. Roedd hi'n hynod o siaradus—parablus, yn wir—a thorrai ar draws pobl i sôn am ryw hen briod-ddull neu'i gilydd a arferid gan frodorion bro ei magwr-aeth, neu i hel atgofion am ei phlentyndod. Cyfle oedd y dosbarth iddi gael siarad Cymraeg a dangos ei gwybodaeth nid ansylweddol o lenyddiaeth Cymru. Doedd dim angen iddi ddod i'r dosbarth o gwbl.

Cyrhaeddodd Manon a Menna gyda'i gilydd am saith o'r gloch ar ei ben, yn unol â'u harfer. Dwy ferch dawedog oeddyn nhw, cynnyrch yr ysgolion Cymraeg. Roedd y naill, Manon, yn glompen anferth, bwdlyd, blaen a wisgai siaced ledr a'r llabedi wedi'u gorchuddio gan fathodynnau yn dangos symbolau o fenywod. Roedd ei gwallt yn fyr a gwisgai jîns a sgidiau trwm. Roedd y llall,

Menna, yn llipa ac yn denau, yn sarrug a phlaen, a gwisgai'r un fath yn union â'i ffrind. Ar ôl iddyn nhw gyrraedd y dosbarth a mynd i eistedd yng nghefn y stafell, byddai'n anodd cael gair o'u pennau. Ni wyddwn i pam yr oedd y ddwy yn mynychu'r dosbarth. Roedden nhw'n unig, mae'n debyg, ac yn gobeithio cwrdd â dau Gymro glân, dymunol.

Mae cannoedd o bobl unig yn ymuno â dosbarthiadau nos. Ni fydd ganddyn nhw affliw o ddiddordeb yng nghynnwys y cyrsiau. Eu hamcan yw gwneud ffrindiau a chymdeithasu. Y gwir amdani yw nad oes neb byth yn cael gwared ar unigrwydd drwy ymuno â dosbarth nos.

Ar ôl siarad am y tywydd a chloncian yn gyffredinol am ryw ddeng munud, fe ddechreuais y wers.

'Heno dw i'n mynd i siarad am waith Syr T. H. Parry-Williams gan ganolbwyntio'n arbennig ar un o'i gerddi enwocaf sef "Y Ferch ar y Cei yn Rio".'

'Dim ond pedwar,' meddyliais wrth imi ddarllen y gerdd i'r dosbarth. Dyn annymunol, menyw a oedd yn credu'i bod hi'n gwybod popeth am lenyddiaeth Gymraeg eisoes a dwy ferch heb iot o ddiddordeb mewn llenyddiaeth ac yn rhy swrth i agor eu pennau. Wel, roedd y tywydd yn wael, ac yn sicr ni fuaswn i wedi ymdrechu i fynd allan i ddosbarth ar noson mor ddychrynllyd oni bai fy mod yn cael fy nhalu.

Tua chwarter wedi saith, ymddangosodd Gary. Roedd e wedi dod i'r noson gyntaf ac wedi ymaelodi ond collasai'r ail noson. Roedd e'n dal a thywyll a golygus, a'i wallt tenau yn awgrymu'i fod yn ei dri-degau cynnar er ei fod yn edrych yn iau na hynny—efallai'i fod yn colli'i wallt yn anffodus o gynnar.

'Mae'n ddrwg gen i, Mr Cadwaladr,' meddai.

'Peidiwch â phoeni, Gary, dewch i mewn. Rydyn ni'n trafod un o gerddi Parry-Williams, "Y Ferch ar y Cei yn Rio". Dw i wedi dyblygu copïau o'r gerdd. Cymerwch un.'

'"Y Ferch ar y Ceir yn Rio", swnio'n ddifyr iawn.'

'Nid y Ceir, ar y Cei.'

'O! dw i'n gweld nawr,' meddai, wedi iddo eistedd, tynnu'i siaced ddenim wlyb ac edrych ar y daflen.

Mae'n syndod faint o bobl sy'n ymuno â dosbarth nos, yn talu am y cwrs cyfan ac yna'n rhoi'r gorau iddo ar ôl mynychu un noson neu ddwy. Bydd rhai'n talu'r tanysgrifiad am y flwyddyn hyd yn oed, er na fyddant byth yn mynychu'r un cyfarfod. Ond yr aelodaeth sydd yn talu sy'n bwysig. Felly, er nad oedd ond pump yn bresennol y noson wlyb honno, roedd gen i'r deg enw hollbwysig ar y rhestr—diolch i 'Ann Griffiths' a ddaeth o'm pen a'm pastwn a'm poced fy hun, fel petai.

Ni chynhyrfais, felly, pan gnociodd Ceryl, pennaeth y ganolfan, ar y drws a cherdded i mewn yn sionc a llawn hunanbwysigrwydd.

'On'd yw hi'n noson frwnt? Noswaith dda, serch hynny,' meddai wrth y dosbarth gan wenu'n artiffisial. Yna troes ataf i. 'A beth ŷch chi'n ei wneud heno, Mr Cadwaladr?'

'T. H. Parry-Williams.'

'O! dw i'n dwlu ar T. H. Parry-Williams. Pa gerdd?'

'"Y Ferch ar y Cei yn Rio".'

'O! dw i'n dwlu ar y gerdd honno yn arbennig. Mae'n gerdd hyfryd.' Yna nesaodd ataf yn gyfrinachol. 'Ga' i air bach 'da chi yn y coridor, Mr Cadwaladr?'

Aethon ni i'r coridor. Roeddwn i'n disgwyl iddi ddweud y drefn wrtho i am danysgrifio person ffug.

'Mae Siriol yn cwyno'ch bod chi wedi talu aelodaeth dros rywun ac mae hi'n amau dilysrwydd yr enw. Ond peidiwch â gwrando arni, mae hi mewn rhyw hen hwyl gecrus heno. Dwn i ddim pam. Ond os oes deg 'da chi ar eich rhestr heno, mae popeth yn iawn o'm safbwynt i.'

Gallai hyn fod yn fagl, meddyliais.

'Wel, dw i ddim yn gwybod pam mae Siriol yn dadlau chwaith. Mae Mrs Griffiths wedi talu am ymuno â'r cwrs a bydd hi'n dod yr wythnos nesaf.'

'O! dw i'n falch o glywed achos dw i'n gorfod rhoi diwedd ar yr holl aelodau ffug 'ma, y "dirgel ddynion" bondigrybwyll, neu byddaf i'n colli fy swydd, a Siriol a chithau. Nid elusen mo'r dosbarthiadau nos 'ma, gwaetha'r modd. Gwell ichi fynd yn ôl at eich dosbarth nawr, Mr Cadwaladr.'

'Mae'n ddrwg gen i am hyn'na,' meddwn i, wrth ddychwelyd at y dosbarth. 'A gawsoch chi gyfle i drafod y gerdd? Naddo?'

'A gaf fi—gofyn—cwestiwn?' gofynnodd Llysnafedd, gan roi'i law yn yr awyr fel plentyn ysgol yn gofyn am ganiatâd i fynd i'r tŷ bach.

'Cewch, wrth gwrs.'

'Paham—y mae—y bardd—yn ysgrifennu "ffreinig": EFF, ER, E, I-dot, EN, I-dot, EG? Rydw i—wedi—edrych yn *Y Geiriadur Mawr*. Yno mae'n—sillafu'r gair fel hyn: EFF, ER, E, ENG, I-dot, EG. Hollol wahanol. Pam?'

Gallai Llysnafedd ddod o hyd i beth bach fel hyn bob tro. Sylw na allwn i feddwl am ateb call iddo.

'Wel, pan gyfansoddodd Parry-Williams y gerdd ym

1925, fel y gwelwch chi ar waelod y tudalen, doedd yr Orgraff ddim wedi cael ei threfnu'n derfynol. Peth eitha' mympwyol oedd sillafiad ambell air.'

'A oedd e'n—ceisio—cadw'r I-dot—yn Ffrainc—yn yr enw—wrth ffurfio—yr ansoddair?' gofynnodd Llysnafedd eto, heb ei fodloni gan f'ateb i, 'Wedi'r cyfan—y mae ffreinig—yn fwy—rhesymegol—na ffrengig—yn fy marn i.'

'O bosib, o bosib,' meddwn i, yn ddyhuddol. 'Unrhyw sylwadau eraill? Ie, Mrs Morton?'

'Yn y trydydd pennill, sylwaf fod Syr Thomas yn defnyddio'r gair "sbio". Hen air hyll i'm clustiau deheuol i, rhaid imi gyfaddef. Yn ein hardal ni, "pipan" fydden ni'n gweud bob amser, yn enwedig yr hen bobl. Ac mae'n air mor addas i ddisgrifio ystum llygoden: "'co'r llygoden 'na'n pipan". Ar wahân i hynny, mae'r gair "sbio" yn dod o'r Saesneg, mae'n amlwg, "to spy". Llawer gwell 'da fi hen air fy nhafodiaith bur i, "pipan".'

'Wel, diolch am eich sylwadau diddorol, Mrs Morton, ond dw i'n weddol siŵr fod y gair "pipan" yn dod o'r Saesneg hefyd, sef "to peep".'

'Dydw i ddim yn meddwl, Mr Cadwaladr. Hen bobl uniaith Gymraeg oedd yr hen rai yn f'ardal i pan o'n i'n blentyn. Prin eu bod nhw'n gallu gweud "good morning". Rydw i'n cofio pan o'n i'n ferch, Mr Cadwaladr, byddai fy mam yn fy siarsio i i fynd i nôl unrhyw beth ag enw Saesneg iddo o'r siop iddi oherwydd ei bod yn ofni ceisio gweud y geiriau ei hunan rhag iddi eu camynganu nhw a hela pawb i wneud hwyl am ei phen. "Cer i ôl peth o'r sebon golchi da 'na, Aisiacs," meddai hi. A chi'n gwbod beth oedd hi'n 'i feddwl wrth "Aisiacs", Mr Cadwaladr? Wel, yr hen *Ajax*, wrth gwrs.'

'Diddorol iawn, Mrs Morton, diddorol iawn, yn wir. Nawr, beth am y gerdd ei hun? Gadewch inni graffu am dipyn ar ei chrefft. Oes rhywbeth yn eich taro chi? Dim byd? Wel, beth am yr odlau?'

'Mae'r llinell olaf bob tro yn gorffen â'r gair "Rio",' meddai Mrs Morton, 'ac ail linell pob pennill yn odli â "Rio": chwyrlïo, a chrio, sbio, Lio, difrïo, bitïo.'

'Da iawn, Mrs Morton. Rhywbeth arall?'

'Ma' pob pennill yn gorffan nid yn unig â'r gair "Rio",' meddai Gary, a finnau'n diolch am lais arall, 'ond efo'r geiria' "y ferch ar y ceir yn Rio". Mae'r llinall honno'n llunio fframwaith i'r gerdd.'

'A gaf fi—gofyn—cwestiwn arall?' gofynnodd Llysnafedd.

'Cewch â chroeso.'

'A ydyw'r enw—"Llio" yn yr—un—dau—tri—pedwar—pedwaredd—mae'n ddrwg gen i, yn y pedwerydd pennill —yn gyfeiriad—at y gerdd—"Gwallt Llio"—gan Dafydd Nanmor—sydd yn yr *Oxford Book of Welsh Verse*?'

'Pwynt pwysig iawn, Mr List-Norbert. Mae'n amlwg eich bod chi'n darllen yn eang iawn, er mai dim ond dysgwr ŷch chi. Ac am wn i, efallai eich bod yn llygad eich lle. Fe fyddai Thomas Parry-Williams, wrth gwrs, yn ymwybodol iawn o'r adlais 'na. Y mae'r cywydd "I Wallt Llio" yn gywydd adnabyddus iawn . . .'

'Pa rif ym Mlodeugerdd Rhydychen yw hwn'na, Mr Cadwaladr?'

'Dw i ddim yn hollol siŵr, Mrs Morton.'

'Rhif—wyth—deg—un.'

'Diolch yn fawr, Mr List-Norbert. Fel ro'n i'n dweud,

mae'n gywydd enwog sy'n darlunio merch brydferth yn hen ddull y beirdd o ganu i'w cariadon. Y mae'r enw yma, yn y gerdd hon, felly yn awgrymu prydferthwch sydd wedi pylu, o bosib.'

'Neu siom cariad,' meddai Gary.

'Eitha' gwir. Nawr 'te, Manon a Menna, dŷn ni ddim wedi clywed eich sylwadau chi eto. Menna, hoffech chi ddweud gair? Beth yw'ch barn chi?'

'Ddim yn gwbod.'

'Wel, Manon, 'te, beth amdanoch chi?'

'M'n gwbod.'

'Wel, 'na fe,' meddwn i, yn methu meddwl am ddim byd arall i'w ychwanegu i roi hwb arall i'r drafodaeth. 'Fe awn ni am goffi. 'Nôl mewn chwarter awr. Iawn?'

Yn ystod yr egwyl, ni allwn ddianc oddi wrth yr hen Lysnafedd. Daeth ataf i'm holi a'm stilio.

'Ydych chi—wedi—darllen *Elfennau Barddoniaeth* Parry-Williams?'

'Nac ydw.' Teimlwn fy mod i'n crebachu yng ngolwg Llysnafedd bob tro y methwn ei fodloni â'm hatebion.

'Oes—modd cael—copi o *Hen Benillion* yn weddol—hawdd?'

'Oes.'

'Ble?'

'Wel, triwch unrhyw siop lyfrau Cymraeg,' meddwn i, heb fawr o ddiddordeb. Tra oedd e'n siarad, crwydrodd fy meddwl i fyd y ffilmiau unwaith eto, at yr hen ffilm *Gaslight* am ryw reswm. Mae Charles Boyer yn llofrudd creulon sy'n swyno ac yna'n priodi nith un o'r bobl y mae e wedi eu lladd, sef Ingrid Bergman. Yng ngweddill y ffilm y mae Boyer yn ceisio gyrru Bergman o'i chof er mwyn iddo gael ei harian. Drysir Bergman nes ei bod yn ansicr o bopeth y mae'n ei wneud ac mae'n anodd dweud ar y dechrau a yw hi'n colli'i phwyll mewn gwirionedd neu beidio. Yn nes ymlaen, daw yn amlwg mai cynllwyn Boyer yw'r cyfan. Teimlais fod Llysnafedd yn gwneud ymgais deg i'm gyrru innau o'm cof, yn anfwriadol. Mae'n rhyfedd fel y gall dosbarth dwyawr fod cyhyd â phythefnos, tra bod dwy, tair, pedair awr yn gwylio ffilm wironeddol afaelgar yn gwibio.

Aethon ni yn ôl i'r dosbarth i barhau'r drafodaeth.

'Gadewch imi sôn am T. H. Parry-Williams am dipyn cyn inni fynd yn ôl at y gerdd. Cysylltir T. H. Parry-Williams ag ardal Rhyd-ddu, Caernarfon. Mae llawer o'i gerddi a'i ysgrifau yn sôn am fro'i febyd. Roedd e'n fyfyriwr disglair iawn. Aeth i brifysgolion Aberystwyth, Rhydychen, Freiburg a Pharis. Gwnaeth e'r Dwbl yn yr Eisteddfod Genedlaethol ddwywaith. Yn ystod y rhyfel roedd e'n heddychwr ac wedyn fe droes at feddygaeth oherwydd rhyw anghytundeb ynglŷn â'i benodiad yn yr Adran Gymraeg. Yn ôl pob sôn, disgleiriodd eto yn y maes hwnnw. Ond yna cafodd ei benodi'n Athro'r Gymraeg yn Aberystwyth wedi'r cyfan. Dyna i chi grynodeb, blêr iawn, mae arna' i ofn, o'i yrfa.'

'Beth am,' meddai Llysnafedd, 'ei gyhoeddiadau?'

'Rŷch chi wedi anghofio gweud hefyd ei fod e'n perthyn i Robert Williams Parry a Syr Thomas Parry, a phryd cafodd e ei ddyrchafu'n farchog,' meddai Mrs Morton.

'A beth am ei deithiau fo ar hyd y byd?' gofynnodd Gary.

Dyna pryd y sylweddolais fod pawb, mwy na thebyg, yn

gwybod cymaint â fi, os nad mwy, am Parry-Williams. Roedd hyd yn oed rhyw olwg o *déja vu* yn llygaid Manon a Menna. Bûm yn gwastraffu fy ngwynt, felly.

'Gadewch inni droi'n ôl at y gerdd, felly. Pa effaith mae hi'n 'i gael arnoch chi? Ydy hi'n peri ichi deimlo rhywbeth? Menna?'

'Na.'

'Manon?'

'Na.'

'Beth yw'ch barn chi, Mrs Morton?'

'Mae hi'n gerdd drist iawn. Meddyliwch am yr hen ferch, druan ohoni, a'r llygoden 'na, ych-a-fi, yn cropian dros ei hysgwyddau hi, yn tynnu'i gwallt hi, a neb yn cymryd sylw ohoni hi.'

'Neb ond y bardd, wrth gwrs,' meddwn i. 'Beth amdanoch chi, Mr List-Norbert?'

'Cerdd dda iawn. Cryf. Hiraeth ynddi. Y ferch yn unig. Y ferch wedi colli'i phwyll. Y bardd yn ofni colli'i bwyll. Efallai fod y ferch ar goll. Ar goll yn yr oes newydd. Yr ugeinfed ganrif. Mae'r enw Llio—fel yr ydym ni wedi dweud—yn awgrymu hen lenyddiaeth Cymru. Mae'r ferch gyda'r llygoden mewn gwlad dramor, estron, yn f'atgoffa i o Branwen a'r aderyn, ar goll, mewn gwlad estron . . .'

'Diolch yn fawr, Mr List-Norbert, sylwadau diddorol iawn,' gallwn glywed fy llais nawddoglyd fy hun. 'Gary, beth amdanoch chi?'

'Wel, dw i'n meddwl bod yr hogan 'na yn nytar. Cafodd ei threisio a'i cham-drin gan ryw ddyn a cholli'i synnwyr, mwy na thebyg. Mae hyn 'na'n digwydd i rai genod. Dw i ddim yn licio'r odl o gwbl. Rhy sionc, rhy sili . . .'

'Sut ŷch chi'n gwbod?' Daeth y llais fel bollt o gyfeiriad annisgwyl, o gefn y dosbarth. Roedd Manon yn plygu ymlaen yn ei sedd ac yn syllu ar Gary a'i hwyneb mawr crwn yn goch. Eisteddai Menna wrth ei hochr, ond gwgai hithau ar Gary hefyd.

'Sut dw i'n gwbod be'?' gofynnodd Gary gan droi ei ben, gydag osgo haerllug, i wynebu Manon.

'Sut ŷch chi'n gwbod sut mae merch yn teimlo ar ôl iddi gael ei threisio?'

'Ddeudes i ddim sut oedd hi'n teimlo. Be' ddeudes i oedd fod genod sydd 'di cael eu treisio yn drysu, yn colli'u synnwyr weithiau, 'na i gyd.'

'A sut ŷch chi'n gwbod hynny? Sut ŷch chi'n gymaint o awdurdod ar ferched sydd wedi cael eu treisio?'

Roedd golwg ffyrnig ar Manon; roedd hi wedi gwylltio. Dyna'r tro cyntaf iddi ymateb i ddim a ddywedwyd yn y dosbarth.

'Dw i ddim yn honni bod yn awdurdod.'

''Chi'n swnio'n eitha' gwybodus i mi, Mistar.'

'Gwranda . . .' dechreuodd Gary.

'Na, gwrandewch chi. Mae lot o ferched o le dw i'n dod wedi cael eu treisio . . .'

'A betia i nad ydych chi ddim yn un ohonyn nhw,' meddai Gary yn ddirmygus.

Cododd Manon o'i sêt a daeth i lawr at y lle'r oedd Gary yn eistedd, gan sefyll yn fygythiol uwch ei ben, a'i hwyneb yn biws.

'Ydych chi'n meddwl mai dim ond merched ifanc pert sy'n cael eu treisio? Mae hen fenywod yn eu hwyth-degau, menywod canol oed, merched ifanc, menywod prydferth, merched pert a merched plaen yn cael eu

38

treisio. Merched clyfar, merched cyffredin, merched twp a merched araf eu meddwl—ie, rhai heb synnwyr ganddyn nhw yn y lle cyntaf i'w ddrysu neu i'w golli—yn cael eu treisio! Does dim gwahaniaeth gan dreisiwr, does dim ots pa fath o ferch mae'n ei threisio cy'd â'i bod hi'n ferch! Baswn i'n sbaddu pob treisiwr 'taswn i'n cael fy ffordd.'

'Sbaddu pob dyn,' ychwanegodd Menna.

Ar hynny, troes Manon yn ôl ac aeth i eistedd yn ei chadair eto, er mawr syndod i mi ac i bawb arall. Roeddwn i'n disgwyl iddi hi a Menna adael gyda'i gilydd; yn lle hynny, eisteddent ill dwy fel pe baent yn benderfynol o ddal eu tir.

Roeddwn i wedi colli gafael ar reolaeth y dosbarth. Byddai'n anodd ailafael yn y drafodaeth a'i llywio'n gytbwys ar ôl datganiad mor dwymgalon. Serch hynny, penderfynais geisio gwyntyllu rhai o'r syniadau niwlog, anhrefnus a gefais yn y llyfrgell y prynhawn hwnnw tra darllenwn y gerdd. Roedd rhyw hanner awr tan ddiwedd y wers.

'Pan fyddaf yn ei darllen, dw i'n cael bod y gerdd hon yn codi llawer o gwestiynau yn fy mhen. Dw i eisiau gwbod mwy am y ferch. Er enghraifft, beth oedd ei hoedran; oedd hi'n ifanc, yn ganol oed? Y mae'r bardd fel petai'n sylweddoli fod gan y ferch hon stori ond beth oedd ei stori? Mae 'na ddirgelwch o'i chwmpas, on'd oes? Ac mae'n syndod fel mae'r bardd wedi llwyddo i gyfleu'r dirgelwch. Beth oedd ei chyfrinach? Dw i eisiau gwbod. Ond cha' i byth wbod, ac yn hyn o beth dw i'n debyg i'r bardd ei hun, dw i'n rhannu'i ddiddordeb, ei chwilfrydedd, a'i rwystredigaeth. Ac mae e'n cyfleu hyn trwy ddefnyddio'r tri gair sy'n dechrau'r pennill olaf, sef "Pwy a edrydd"; pwy a edrydd gyfrinach anhraethol y ferch od, unig hon a welsai T. H. Parry-Williams ar y Cei yn Rio ym 1925?'

Er gwaethaf y tyndra yn awyrgylch y dosbarth, yn fy ffordd flêr, ddi-drefn, blith draphlith, roeddwn i wedi mynd i dipyn o hwyl.

Wrth imi dewi ac wrth imi ddisgwyl i rywun ychwanegu rhywbeth, daeth menyw i'r stafell. Llithrodd drwy'r drws ac aeth i eistedd yn un o'r cadeiriau ar ochr y dosbarth. Cerddodd ar flaenau'i thraed fel petai'n ceisio peidio â thynnu sylw ati hi'i hun ac, yn wir, sylwodd neb arni. Roedd ei chôt yn wlyb ac roedd hi'n cario ymbarél plygu coch a oedd yn wlyb diferol hefyd. Roedd hi'n fenyw hardd tua'r hanner cant oed. Roedd ei gwallt yn britho, lliw dur. Roedd ei hwyneb wedi'i goluro'n gywrain; yr aeliau'n fwaog, yr amrannau'n gysgodion glas a llwyd, a'r gwefusau wedi'u coluro hefyd ond nid â minlliw coch, llachar eithr â rhyw frown tywyll.

'Nawr 'te,' meddwn, gan droi'n ôl at y dosbarth, a hithau'n tynnu am bum munud i naw, 'oes gan rywun rywbeth i'w ychwanegu? Nac oes? Wel, hoffwn i chi ddarllen cerddi T. H. Parry-Williams gan ysgrifennu traethawd byr ar un ohonynt erbyn yr wythnos nesaf, os gwelwch yn dda. Yr wythnos nesaf, byddaf yn trafod un o storïau byrion Kate Roberts. Diolch yn fawr i chi i gyd. Noswaith dda i chi.'

Ar ôl i bawb godi a dechrau hwylio i ymadael, trois at y newydd-ddyfodiad.

'Ga' i'ch helpu chi?'

'Mae'n ddrwg gen i ddod i mewn mor ddiweddar a

thorri ar eich traws fel'na. Ro'n i'n meddwl taw am naw yr oedd y dosbarth yn dechrau; 'na dwp ontefe? Mae'n amlwg 'mod i wedi camddeall yr hysbyseb yn y papur. Am saith ŷch chi'n dechrau?'

'Ie. Saith tan naw.'

'Wrth gwrs. Ro'n i'n meddwl bod naw braidd yn hwyr i ddechrau dosbarth nos. Ond dw i ddim wedi bod i unrhyw ddosbarth o'r blaen, felly mae'r cyfan yn newydd imi. Oes modd imi ymuno â'r cwrs nawr? Dw i'n deall 'mod i wedi colli dwy noson yn barod. Wnes i ofyn yn y swyddfa a dywedodd rhyw ferch surbwch y dylwn i ofyn i chi cyn imi lenwi'r ffurflenni a thalu'r arian, rhag ofn eich bod yn anfodlon.'

Pe na bai'r fenyw hon ond wedi dod yn gynnar ac nid yn hwyr ac wedi talu, ychydig cyn imi gyrraedd, fyddwn i ddim wedi gorfod ymaelodi person ffug am bedair punt o'm poced fy hun. Roeddwn i'n flinedig, ac yn flin. Ystyriais ddweud wrthi na châi ymuno. Ond edrychais arni yn ei dillad gwlyb. Roedd rhywbeth deniadol, trawiadol yn ei chylch. Edrychai fel Iarlles o Rwsia. Perthynai iddi ryw natur bendefigaidd, firain.

'Wrth gwrs fy mod i'n fodlon. Peidiwch â chymryd sylw o'r ferch 'na yn y swyddfa. Mae rhywbeth yn ei phoeni hi, mae arna' i ofn.'

Gwisgais fy nghôt wlyb.

'Dewch gyda mi i'r swyddfa,' meddwn i, 'a chewch chi ymaelodi'n syth. Dyna'r peth gorau. Oes diddordeb 'da chi mewn llenyddiaeth Gymraeg?'

'O! oes, wrth gwrs; dw i'n darllen popeth yn Gymraeg.' Un arall sy'n gwybod mwy na fi, meddyliwn, nes iddi ychwanegu, 'Ond ches i fawr o addysg ffurfiol. Dw i'n mynd i gysegru 'mywyd o hyn ymlaen i wneud iawn am hynny. Dw i'n mynd i ddarllen y clasuron Cymraeg i gyd.'

'Wel, dw i'n edmygu ac yn gwerthfawrogi'r agwedd 'na. Ga' i ofyn beth yw'ch enw?'

'F'enw i? Ann Griffiths.'

2

Dw i wedi dweud, yn flêr iawn, holl hanes y diwrnod tyngedfennol hwnnw pan gamodd Ann Griffiths i'm bywyd fel rhith wedi dod yn fyw neu fel ymgnawdoliad o greadur a grëwyd gan fy nychymyg.

Efallai y buasai wedi bod yn rhwyddach ac yn fwy trefnus imi ddweud y cyfan ar gynghanedd ond, heb fy meiblau, *Yr Odliadur* a *Cerdd Dafod* Syr John Morris-Jones, alla' i ddim cyfansoddi â digon o hyder.

Fe gyfansoddais gerddi Ann Griffiths—f'Ann Griffiths i, nid yr emynyddes—ar ôl imi ddod i'w nabod hi'n well a rhoi cynnig—fel y gwnaethwn ar sawl achlysur ynghynt —am y Gadair yn yr Eisteddfod Genedlaethol. Ond dywedodd y beirniaid fod y gynghanedd yn 'ddiffygiol ac afrosgo' ac nad oedd y gerdd yn ddim ond 'traethu afrosgo a rhyddieithol, diawen' a bod y cynllun 'yn flêr iawn'. Ond roeddwn wedi peri bod y gynghanedd yn afrosgo o fwriad i adlewyrchu personoliaeth Ann. A rhyddieithol, traethiadol yw f'arddull.

Ond dyna fi yn mynd ar gyfeiliorn eto. Rhaid imi ddweud sut y bu imi ddod i nabod Ann a sut y bu i'n cyfeillgarwch ffynnu, a sut y bu i bethau ddatblygu fel y gwnaethon nhw.

Ni fu'n rhaid imi aros tan y dosbarth nos yr wythnos ganlynol cyn imi gwrdd ag Ann eto.

Y diwrnod canlynol, codais yn hwyr eto ac ar fy ffordd allan o'r stafell dyma gwrdd â'r fenyw a oedd yn byw drws nesaf. Roedd hi'n hen, hen wraig—yn ei saith-degau o leiaf—yn ddall, i bob pwrpas, ac yn drwm ei chlyw, ac er bod ei gwallt gwyn mewn plethen daclus bob amser, roedd ei bysedd wedi'u hanffurfio gan y cricymalau. Roedd hi'n sefyll ar drothwy'r drws i'w stafell.

'Pwy sy 'na?' gwaeddodd yn swta.

'Mr Cadwaladr.'

'Mr Schloss? Chi sy 'na?'

'Nage, Mr Cadwaladr. Dw i'n byw drws nesa' i chi.'

'Mr Schloss, dw i ddim yn mynd i dalu dim rhent i chi'r wythnos 'ma nes eich bod chi'n gwneud rhywbeth ynglŷn â'r dyn drws nesa'. Dw i'n siŵr ei fod e'n cael merched lan i'w stafell. Felly, peidiwch â gofyn am eich rhent. Mae'r lle 'ma'n troi'n buteindy!' Ar hynny, caeodd ei drws â chlep gas.

Ar fy ffordd i lawr y grisiau, daeth Ffloyd o'i stafell.

'Shw ma'i?' meddai.

'Shw ma'i?'

'Dw i'n iawn. Braidd yn flinedig. Dwy ferch 'ma neithiwr. Tipyn o *orgy*, a gweud y gwir.'

'Ble maen nhw nawr?'

'Wedi mynd—gorfod gweithio. Model oedd un, actores oedd y llall. Maen nhw'n gorfod dechrau'n fore iawn. Druan ohonyn nhw—ar ôl noson 'da fi. Siŵr eu bod wedi ymlâdd.'

'Siŵr o fod.'

'Oes merch 'da ti?'

'Nac oes.'

'O'n i'n amau. 'Ti'n rhy hen iddyn nhw. 'Ti'n dechrau colli dy wallt. Beth yw d'oedran di nawr?'

'Deg ar hugain.'

'Tri deg. Rhy hen. Maen nhw'n licio dynion ifanc fel fi y dyddiau 'ma, 'ti'n gweld?'

'Mae'r hen fenyw drws nesa' imi yn meddwl 'mod i'n cael merched lan i'm stafell i, ond dydw i ddim. Fallai'i bod hi'n dy glywed di. Dy stafell di sydd o dan ei stafell hi.'

'Fallai'n wir. Maen nhw'n cadw uffer o sŵn weithiau, yn enwedig dwy gyda'i gilydd. Un yn ei chael hi a'r llall yn ysu amdani, yn gorfod aros ei thro.'

Ar hynny, clywsom Mr Schloss yn dod allan o'i stafell yntau.

'O! ffyc,' meddai Ffloyd, 'y fampir. Ta-ra,' a chaeodd ei ddrws.

'Bore da, Mr Schloss,' meddwn i.

'Ŷch chi'n mynd allan, Mr Cadfaladr?'

'Ydw.'

'Alla' i ddim mynd allan y dyddiau 'ma. Dw i'n agoraffobig—ofni'r strydoedd, ofni'r bobl. Gormod o estroniaid yn y ddinas: duon, Pacistanis, Iddefon, wrth gwrs—mae'r rheina i'w cael ym mhobman, on'd ŷn nhw? Doedd hyd yn oed Hitler ddim yn gallu cael gfared arnyn nhw i gyd. Nawr dw i'n meddwl bod pobl fedi camddeall Hitler. Doedd e ddim yn meddwl dim drwg. Roedd ganddo fe rai syniadau da iawn. A nawr bod Mrs Thatcher fedi mynd, fela' i ddim gobaith i'r flad 'ma,' meddai, gan fwytho'i gath.

'Wel, maddeuwch imi, Mr Schloss, dw i'n gorfod mynd i'r llyfrgell i baratoi fy ngwersi at heno.'

'Da iawn, da iawn. Chi yw'r unig un sy'n gfeithio yn y tŷ 'ma. Dyn dysgedig hefyd. Mr Cadfaladr, B.A. Wedi gfeld e ar eich llythyron.'

Llithrais drwy'r drws cyn iddo gael cyfle i ddechrau ar un o'i hoff bregethau eraill.

Felly, cerddais i'r ddinas. Cefais frechdan mewn caffe a mynd wedyn i'r llyfrgell.

Dewisais un o lyfrau Kate Roberts. Doedd dim copi o *Traed Mewn Cyffion* na *Stryd y Glep* na *Tywyll Heno* ar y silffoedd. Dim ond *Te yn y Grug, Hyn o Fyd, Yr Wylan Deg* a *Gobaith*. Dewisais *Te yn y Grug* a *Hyn o Fyd*.

Eisteddais wrth un o'r byrddau hirion llwyd. Roedd pawb yno. Y dyn bach â'r graith ar ei dalcen a'r farf drionglog, yn prysur nodi rhagor o rifau bach coch a du yn ei lyfryn. O fewn hyd braich roedd yr hen wraig â'i sbectol ar ei thrwyn yn darllen hanes yr Iddewon, cyfrol ar erchyllterau Chmelnici yng ngwlad Pwyl yn yr ail ganrif ar bymtheg. Wrth ei hochr, yn gwasgu'i drwyn rhwng cloriau llyfr tew yn dwyn y teitl *Sell up and Sail*, roedd ei mab, neu'i nai, neu'i chariad, neu'i chyfaill. Sut y cawn wybod?

Bûm yn ysu am dorri gair â'r bobl hyn i ganfod beth yn union oedd ymchwil y dyn bach, beth yn gymwys oedd natur y berthynas rhwng yr hen wraig a'r dyn byr ei olwg? Ond rywsut roedd hynny'n amhosibl; roedd wal ddiadlam dirgelwch rhyngom i gyd ac nid oedd modd torri trwodd.

Yna daeth rhywun i eistedd wrth f'ochr.

'Ga' i eistedd fan'yn?' Ann Griffiths oedd yno.

'Cewch, wrth gwrs, croeso.'

Pan roes ei cherdyn imi'r noson cynt â'r enw arno, bu ond y dim imi lewygu yn y fan a'r lle. Roedd yn gymaint o ysgytiad, yn gyd-ddigwyddiad anhygoel. Ac, wrth gwrs, roedd gen i dipyn o broblem. Sut y gallwn i fynd i'r swyddfa wedi cofrestru Ann Griffiths ac esbonio bod un arall wedi ymddangos yr un noson a'i bod hithau'n dymuno ymaelodi. Wel, doedd y peth ddim yn amhosibl. Mewn un dosbarth unwaith, cefais bymtheg o aelodau. Roedd y menywod i gyd yn Nia neu'n Rhian ar wahân i un a oedd yn Nia Rhian a Dafydd oedd enw'r pedwar dyn ar y cwrs. Felly, penderfynais yr awn i i'r swyddfa â cherdyn yr ail Ann Griffiths, a gofyn iddi aros y tu allan am eiliad; smalio cael clonc â Siriol a Ceryl, cadw Ann Griffiths i ddisgwyl er mwyn ei thwyllo hi i gredu fy mod i'n ei chofrestru, dod allan wedyn a rhoi'i derbynneb iddi. Ond ni weithiodd y cynllwyn fel yna.

Aethwn i'r swyddfa a'r cerdyn yn fy llaw gan ofyn i Ann Griffiths sefyll y tu allan. Popeth yn iawn. Dechreuais siarad â Siriol a Ceryl.

'Beth ŷch chi eisiau?' cyfarthodd Siriol.

'O! jyst galw i mewn i gael clonc bach cyn mynd i ddal y bws,' meddwn i'n ffuantus.

'Pryd mae'r bws?' gofynnodd Siriol.

'Chwarter awr arall i aros, a dw i ddim eisiau aros ar y pafin dros y ffordd yn y tywydd 'ma.'

'Wel, rŷn ni'n mynd cyn bo hir, hefyd,' meddai Siriol. 'Dŷn ni ddim eisiau bod mewn swyddfa oer drwy'r nos. Mae gen i gathod yn disgwyl am eu swper.'

'Sut aeth y dosbarth heno?' gofynnodd Ceryl, yn fwy hynaws.

'Iawn, iawn, popeth yn iawn.'

Ar hynny, agorodd y drws a daeth Ann Griffiths i mewn.

'O! esgusodwch fi, Mr Cadwaladr, dw i ddim wedi rhoi'r arian i chi. Faint sydd arna' i i chi?'

Doedd dim byd amdani ond mentro ymddiried yn y fenyw, ceisio'i chael i adael y swyddfa a cheisio esbonio'r sefyllfa iddi wedyn. Felly, gafaelais yn ei braich a dechrau'i thywys hi i ffwrdd.

'Popeth yn iawn, Miss Griffiths, dw i wedi talu, cewch chi roi'r arian imi rywbryd eto. Noswaith dda, Ceryl.'

'Noswaith dda.'

'Noswaith dda, Siriol.'

Dim ateb. Allan yn y coridor, dywedais: 'Mae'n ddrwg iawn gen i am eich sgubo chi allan fel'na. Gadewch imi esbonio.'

Cerddon ni'n dau i safle'r bws gerllaw ac erbyn inni gyrraedd cawsai Ann Griffiths amlinelliad o'r sefyllfa.

'Ga' i erfyn arnoch chi i beidio â dweud dim am y peth wrthyn nhw yn y swyddfa? Mae'n ddrwg gen i eich tynnu chi i mewn i gelwydd fel hyn a ninnau newydd gwrdd. Mae arna' i ofn bod fy mhen i dan eich cesail chi.'

'Peidiwch â phoeni, Mr Cadwaladr. Mae hyn yn gyffrous iawn. Braf cael bod â rhan mewn tipyn o gynllwyn.'

'Ŷch chi'n siŵr nad ŷch chi ddim yn meindio? Af yn syth i'r swyddfa yr wythnos nesaf a chyfaddef y cwbl wrthyn nhw.'

'Does dim eisiau gwneud hynny. Fe gollwch chi'ch swydd. A phrun bynnag, fe ymddengys eich bod chi wedi fy nghofrestru i am ddim ond pumpunt neu bedair punt, fel hen wraig wedi ymddeol, gan arbed imi dalu'r pedair punt ar hugain llawn. A finnau heb ymddeol eto!'

'Wel, doeddwn i ddim yn eich nabod chi. Doeddwn i ddim eisiau talu'r ffi lawn am yr Ann Griffiths ffug. Nawr y mae'n union fel 'tasech chi wedi dweud celwydd ynglŷn â'ch oedran i osgoi talu. Mae'n wir ddrwg gen i.'

'Does dim eisiau gofidio. Mi wna' i gadw'n dawel ynglŷn â'ch stori chi os gwnewch chi beidio â dweud 'mod i heb gyrraedd oedran ymddeol eto! Dyma'r pedair punt sydd arna' i i chi am dalu'r ffi. Diolch.'

'Na. Diolch i chi, yn wir. Diolch am fod mor garedig ynglŷn â'r cyfan. Oni bai am eich cydymdeimlad chi, fe fyddwn i wedi gwneud cawl ofnadwy o bethau heno.'

'Mr Cadwaladr, ydych chi'n credu mewn tynged?'

'Beth ŷch chi'n feddwl?'

'Wel, tybed pam wnaethoch chi feddwl am f'enw i, o'r holl enwau yn y byd i'w roi ar y cerdyn 'na heddiw? Ac o'r holl ddosbarthiadau yn y ddinas hon, fe ddewisais eich dosbarth chi.' (Fflachiodd *Casablanca* drwy fy meddwl wrth iddi ddweud hyn.) 'Gallwn yn hawdd fod wedi mynd i ddosbarth arall. Ond dw i'n credu bod hyn yn rhan o ryw gynllun, rhyw arfaeth fawr a bod rhywbeth wedi'n tynnu ni at ein gilydd fel hyn. Dydw i ddim yn credu mewn cyd-ddigwyddiadau, Mr Cadwaladr. Does 'na ddim cyd-ddigwyddiadau dim ond tynged.'

Ar y gair, daeth ei bws ac wrth iddi ymadael, troes gan ddweud: 'Edrychaf ymlaen at eich gweld chi eto yr wythnos nesaf, os na chawn ni gwrdd cyn hynny.'

A dyna lle'r oedd hi drannoeth yn eistedd wrth f'ochr yn y llyfrgell.

'Dod yma i chwilio am lyfrau T. H. Parry-Williams a Kate Roberts wnes i,' meddai, 'Fe ges i Parry-Williams ond prin yw llyfrau Kate Roberts. Ond dw i'n sylwi fod dau 'da chi.'

'Wel, mae gen i ddosbarth heno mewn canolfan arall lle byddaf yn cyflwyno gwaith Kate Roberts. A byddaf yn defnyddio'r nodiadau hyn a'r sylwadau y byddaf yn eu gwneud heno yn eich dosbarth chi yr wythnos nesaf. Dw i'n anhrefnus iawn, mae arna' i ofn. Dw i ddim yn paratoi fy ngwersi'n ddigon trwyadl.'

'Gadewch i'r llenyddiaeth eich cario chi.'

'Ydych chi wedi darllen gwaith Kate Roberts?'

'Wrth gwrs. Dw i'n hoff iawn o storïau Kate Roberts. Hi yw fy hoff lenor rhyddiaith yn y Gymraeg. Darllenais ei gwaith i gyd pan o'n i'n byw yn Llundain ddiwedd y chwe-degau a dechrau'r saith-degau. Dyna gyfnod fy ieuenctid ffôl, mae arna' i ofn. Ta beth, ro'n i'n dwlu ar ei gwaith. Ro'n i'n arfer prynu'r llyfrau yn siop Griffs. Ond wnes i ddim darllen y pethau'n ofalus iawn. Ro'dd cymaint o bethau eraill yn galw ar y pryd. Wrth gwrs, dw i wedi ailddarllen popeth oddi ar hynny a darllen ei phethau mwy diweddar, hefyd.'

'Beth yn union ydych chi'n ei hoffi am ei gwaith?'

'Dwn i ddim. Popeth; ei harddull, ei hiaith, wrth gwrs, y byd y mae'n ei gyflwyno. Yn fwy na dim, dw i'n licio'i chysondeb. Mae'r un awyrgylch i'w gael ym mhopeth mae hi wedi'i ysgrifennu, mwy neu lai. Er mor annhebyg i'w gilydd yw *Stryd y Glep* a *Te yn y Grug* a *Traed Mewn*

Cyffion, yr un llais a'r un awyrgylch sydd ym mhob un ohonyn nhw.'

'Ddylech chi gymryd fy lle i yn fy nosbarthiadau. Allwn i ddim bod wedi mynegi'r peth yn well. Rŷch chi wedi diffinio be' dw i'n licio yng ngwaith Kate Roberts fy hunan.'

'Ond dydw i ddim, Mr Cadwaladr. Mae'n amhosibl i'w ddiffinio.'

'Ond dw i'n cytuno â chi ynglŷn â'i chysondeb a'r ffordd y mae'r darllenydd yn gallu dibynnu arni. Dw i'n teimlo mor genfigennus wrthi. Dw i wedi trio ysgrifennu storïau fy hun ac wedi methu'n lân â chael y cysondeb 'na a bod yn ddibynadwy fel Kate Roberts.'

'Wel, Kate Roberts yw Kate Roberts, Mr Cadwaladr, a raid i chi ddim ceisio gwneud yr un peth â hi. Er fy mod i'n licio gwastadrwydd Kate Roberts, hoffwn ddarllen rhywbeth yn y Gymraeg sydd yn fwy amlochrog, anystywallt, yn llawn o fanylion a dirgelion. Dw i'n licio llenorion twyllodrus na ellwch chi ddim dibynnu arnyn nhw bob amser. Wedi'r cyfan, twyll yw llenyddiaeth, on'd-e-fe?'

'Dwn i ddim. Mae'n anodd imi'ch dilyn chi. Bardd ydw i, ac nid bardd yn y mesurau rhydd chwaith—alla' i ddim goddef y beirdd *vers libre* 'ma o gwbl. Bardd yn y mesurau caeth ydw i, yn nhraddodiad Dafydd Nanmor, Tudur Aled a Goronwy Owen. A'm huchelgais i yw ennill Cadair yr Eisteddfod Genedlaethol cyn 'mod i'n ddeugain oed. Does dim byd arall mor bwysig imi. I mi, mae llenyddiaeth yn hollol real.'

'Pob lwc i chi, Mr Cadwaladr. Gobeithio y cewch chi wireddu'ch breuddwyd. Mae'r gynghanedd yn beth swynol a dirgel iawn imi. Pa wlad arall sydd wedi dyfeisio terminoleg mor fanwl gywir er mwyn trafod ei barddoniaeth? Meddyliwch am yr holl dermau sy'n ymwneud â'r englyn yn unig: paladr, esgyll, gwant, cyrch, gorwant. Esboniwch chi'r gair "gwant" i rywun nad yw'n gwybod beth yw englyn na chynghanedd. A dyna'r holl wahanol fathau o englynion wedyn: englyn unodl union, englyn milwr, englyn unodl crwca, englyn digri, englyn cyrch proest. A beth am y termau fel cynghanedd draws fantach, cynghanedd lusg wyrdro, gwestodl, ymsathr odlau, llysiant llusg, a beth yw rhupunt byr a rhupunt hir?'

'Rydych chi'n rhyfeddol! Mae'ch gwybodaeth yn fy syfrdanu i. Sut ŷch chi'n gwbod cymaint am y gynghanedd?'

'Nid ar chwarae bach y ces f'enwi ar ôl prydyddes ac emynyddes fwyaf ein gwlad, Mr Cadwaladr. Roedd fy nhad yn fardd a phan ges i 'ngeni gwyddai'n iawn beth fyddai'r arwyddocâd a'r adlais pan roddwyd i mi yr enw Ann ar ei gyfenw ef.'

'Wrth gwrs, rŷch chi'n gwbod mai Ann Thomas oedd Ann Griffiths am y rhan fwyaf o'i hoes; dim ond am amser byr iawn y bu hi'n Ann Griffiths.'

'Bu'n rhaid iddi briodi i fod yn Ann Griffiths a bu'n rhaid i minnau aros yn ddibriod i aros yn Ann Griffiths.'

'Mae'n ddrwg gen i. Do'n i ddim wedi meddwl ensynio dim byd.'

'Wnes i ddim meddwl hynny am eiliad. Does arna' i ddim cywilydd 'mod i'n ddibriod, Mr Cadwaladr. Dyw hi ddim fel pe bawn wedi byw fel rhai hen ferched, druan ohonyn nhw. I'r gwrthwyneb, yn wir. Weithiau, dw i'n

LIBRARY
...LLO TECHNICAL COLLEGE

ofni 'mod i wedi byw gormod yn barod, cael pump neu chwe bywyd mewn un fel petai.'

Sylwais fod yr hen wraig a'i mab neu'i ffrind yn edrych arnom yn geryddgar iawn. Roedd dyn barfog y rhifau du a choch yn gwgu arnom hefyd. Sylwodd Ann Griffiths arnynt.

'Mae arna' i ofn bod ein sgwrs yn amharu ar bobl eraill yma, Mr Cadwaladr. Beth am drefnu i gwrdd yn rhywle yn ystod yr wythnos. Mae 'na gaffe bach arbennig gyferbyn â'r eglwys, yr un sy'n gwneud bwyd Cymreig. Ydych chi'n gyfarwydd â'r lle?'

'Ydw.'

'Beth am gwrdd yno yfory, tua chwarter i dri? Mae gen i gymaint i'w ddweud.'

'Gwych. Bydda' i yno am chwarter i dri.'

'O! diolch, Mr Cadwaladr. Dw i'n mynd i fenthyg Parry-Williams a'r *Wylan Deg* ac wedyn dw i'n mynd. Tan yfory, 'te, peidiwch ag anghofio.'

Gwyliais hi'n cerdded drwy'r llyfrgell. Roedd rhyw rym yn ei symudiad. Roedd hi'n gwisgo sgarff sidan amryliw dros ei hysgwyddau, ac roedd ei gwallt llwyd hardd yn llifo dros ei chefn. Fe'm hatgoffai o long fawreddog. Roedd rhyw hyder a sicrwydd tawel yn perthyn iddi. Nid oeddwn i wedi cwrdd â neb tebyg iddi o'r blaen.

Drannoeth, cefais fy neffro gan sŵn curo ar y drws. Ofnais mai'r hen wraig drws nesaf oedd yno, wedi colli'i phwyll. Gwisgais fy nghôt fawr dros fy mhyjamas. Ond pan agorais y drws, Ffloyd oedd yno. Roedd ei lygad chwith ar gau. Doedd e ddim wedi gosod neu ddim wedi gwisgo (pa derm bynnag sy'n iawn) ei lygad wydr.

'Oes gen ti gondom sbâr?' gofynnodd.

'Nac oes,' atebais.

'Be'! Dim un condom sbâr 'da ti?'

'Does gen i ddim un condom o gwbl.'

''Ti'n greadur truenus, 'ti'n gwbod. Mae gen i ferch yn fy stafell yn ysu amdani, a'i choesau yn yr awyr, wir i ti, fel gast sbaniel yn gofyn ci!'

'Mae'n ddrwg gen i ond alla' i ddim helpu.'

'Bydd rhaid imi redeg at y fferyllydd,' meddai ac i ffwrdd â fe.

Es i'n ôl i'r gwely am dipyn eto. Yna, dyma gnocio ffyrnig ar y drws unwaith eto. Codais i ateb y drws, ond ni wisgais amdanaf y tro hwn.

'Ffloyd!' Roeddwn i'n barod i'w felltithio, gan ddefnyddio hen air Eingl Sacsonaidd ac iddo wreiddiau Celtaidd, ond Mr Schloss oedd yno, a'i hen gath yn ei freichiau.

'Mae'n fir ddrwg gen i, Mr Cadfaladr, ond mae Mrs Vaughan drws nesa i chi fedi bod yn cfwyno bod merched yn eich stafell. Rŷch chi'n gwbod y rheolau yn y tŷ hwn, Mr Cadfaladr.'

'Ond does dim merched yn y stafell 'ma, Mr Schloss. Dewch i mewn i weld.'

Daeth e i'r ystafell ac edrychodd yn y wardrôb ac o dan y gwely hyd yn oed.

'Chi sy'n dfeud y gfir, Mr Cadfaladr. Mae'r hen fraig 'na'n colli'i phwyll.'

Am y tro cyntaf, sylwais fod Mr Schloss yn gwisgo *toupée* ar ei ben y bore hwnnw ac nad oedd yn annhebyg i'w gath.

'Mil o ymddiheuriadau, Mr Cadfaladr, mil o ymddiheuriadau.'

'Peidiwch â phoeni am y peth.'

'Dw i'n gorfod bod mor ofalus. Dw i ddim eisiau *AIDS* yn y tŷ hwn, na dim fi-di yn fy nhoiledau glân i chwaith. Roedd Adolf yn iawn. Llosgi'r perferts i gyd. Rhoi nhw yn y ffyrnau nwy gyda'r Iddewon a'r sipsiwn. Syniad da. Edrychwch be' sy'n digfydd inni yn y flad 'ma nawr. *AIDS* ymhobman.'

Teimlais yn ddigalon iawn ar ôl iddo fynd. Gwisgais ac eistedd yn f'unig gadair gan geisio darllen am dipyn ond ni allwn ganolbwyntio. Cofiais fy mod wedi trefnu i gwrdd â Miss Griffiths y prynhawn hwnnw. Roedd hi'n hanner awr wedi deuddeg. Beth i'w wneud tan chwarter i dri? Yr unig berson roeddwn i'n 'i nabod yn y tŷ i siarad ag ef ar wahân i Ffloyd a Mr Schloss oedd yr hen lanc a oedd yn byw ar yr un llawr. Roeddwn i'n ddigon hy i fynd i'w weld o bryd i'w gilydd. Roedd e'n ddigon cyfeillgar. Mr Owen oedd ei enw. Penderfynais yr awn i'w weld. Roedd e'n fyr, yn dew ac yn foel; yn wir, doedd dim blewyn ar ei wyneb, dim aeliau, dim blew ar ei amrannau hyd yn oed. Roedd e'n debyg i hen faban mawr, pob modfedd o'i wyneb crwn yn rhychau mân ac roedd ganddo lais main, gwichlyd, uchel. Yn wir, roedd e'n dwyn i gof y cantorion a elwid yn *castrati*. Cnociais ar y drws.

'O! helô, sut wyt ti, boi, dere mewn i gael disgled o de 'da fi.' Roedd e wastad yn fy ngalw i'n 'boi'. Ni allai gofio f'enw.

'Dw i ddim wedi dy weld ti ers llawer dydd. Ble'r wyt ti wedi bod, pam wyt ti wedi bod mor ddieithr? Llaeth?'

'Wedi bod yn brysur. Dosbarthiadau nos. Dim llaeth, diolch.'

'Beth wyt ti'n ei ddysgu? Siwgr?'

'Llenyddiaeth Gymraeg. Tri.'

''Na ddiddorol. Do'n i ddim yn gwbod bod diddordeb 'da ti mewn llenyddiaeth Gymraeg.'

'Dw i wedi gwneud gradd yn y Gymraeg.'

'Wel, does dim eisiau i ti fynd i ddosbarthiadau felly.'

'Dim fel disgybl. Fi yw'r athro.'

'O! 'na dwp ydw i; dw i'n gweld nawr.'

'Sut ŷch chi'n cadw, Mr Owen?'

'O! dw i'n iawn ar wahân i'r hen sŵn yn 'y mhen i o hyd, a 'nghefn, wrth gwrs, a 'nhraed, heb sôn am yr hen broblem gyda'r stumog. Ond 'na fe, "Fe ddaw henaint ei hunan" fel roedd fy hen fam annwyl yn arfer 'i ddweud.'

Roedd waliau stafell Mr Owen yn deyrnged i'w hen fam annwyl. Lluniau ar y waliau, ar y byrddau, ar yr hen ddreser, pob un ohonynt yn ei dangos hi neu Mr Owen a hithau ar wahanol gyfnodau. Roedd e'n foel hyd yn oed pan oedd e'n blentyn ac yn hynod o debyg i'w fam. Yn wir, edrychai'i fam yr un ffunud ag ef ond bod wìg ar ei phen.

'Sut mae'r te?' gofynnodd Mr Owen.

'Ardderchog, diolch.'

'Mam ddysgodd i mi sut i wneud te,' meddai. 'Rhaid i ti gofio twymo'r tebot i ddechrau. Gadael y te i sefyll wedyn a macsu neu drwytho neu fwydo, fel mae rhai yn gweud, am o leiaf dair munud cyn ei dywallt.'

'Wel, diolch am y te. Rhaid i mi fynd nawr.'

'Oes rhaid iti fynd mor fuan?'

'Oes, dw i'n mynd i'r llyfrgell i baratoi gwersi ar gyfer fy nosbarth heno.'

'Wel, diolch am alw, boi. Dere 'to, cyn bo hir, hefyd. Mae'n braf cael clonc 'da rhywun. Dw i ddim yn gweld llawer o bobl nawr bod Mam wedi mynd.'

Teimlais braidd yn euog yn gadael Mr Owen mor sydyn. Roedd yn amlwg ei fod yn gwerthfawrogi fy nghwmni'n fawr, ond allwn i ddim siarad ag ef am y grefft o wneud te drwy'r prynhawn.

Felly, fe gwrddais i ag Ann Griffiths yn y caffe Celtaidd ger yr eglwys. Cyrhaeddais am chwarter i dri, ar ei ben. Ddeng munud yn ddiweddarach, daeth hithau. Edrychai'n grand eithriadol. Gwisgai dlysau arian am ei gwddwg ac ar ei chlustiau. Roedd ei dillad yn gyfuniad o ddu a gwyn, yn drawiadol iawn, a'i gwallt llwyd wedi'i godi'n gastell, yn dal ac yn daclus ar ei phen. Y lliwiau dan fwâu ei haeliau yn las ac yn llwyd, yn gelfydd. Doedd dim byd llachar na di-chwaeth yn ei chylch. Edrychai'n soffistigedig iawn. Gwenodd arnaf yn dyner pan welodd fi.

'Fuoch chi'n aros yn hir iawn?'

'Naddo, ddeng munud yn ôl y cyrhaeddais i.'

'Dŷch chi ddim wedi archebu dim eto?'

'Dim eto.'

'Dw i'n mynd i gael cwpanaid o *mocha*.'

'Dyw e ddim yn swnio'n Geltaidd iawn.'

'Dyw e ddim ond o leiaf maen nhw'n ei wneud e yma. A beth am rywbeth i'w fwyta?'

'Dim ond coffi i mi.'

'Peidiwch â phoeni, mi wna i dalu.'

'Dw i ddim yn disgwyl i chi wneud hynny.'

'Pam lai. Peidiwch â bod mor hen-ffasiwn. Beth am selsig Morgannwg?'

'Dw i ddim yn bwyta cig.'

'Na finnau chwaith. Ro'n i'n gwbod eich bod chi'n llysieuwr. Does dim cig yn hwn. Treiwch e gyda salad. A thriwch y *mocha* hefyd.'

'O'r gorau.'

Daeth y weinyddes atom ac archebodd Ann Griffiths y bwyd a'r diodydd poeth.

'Beth sydd wedi digwydd i chi heddiw?'

'Dim byd,' atebais i.

'All hynny ddim bod yn wir. Mae'n rhaid eich bod chi wedi siarad â rhywun.'

'Bues i'n cael te gyda hen ddyn sy'n byw yn yr un tŷ â fi. Ond roedd e'n *boring*, felly gadewais braidd yn sydyn a nawr dw i'n teimlo'n flin am y peth oherwydd mae'n siŵr mai dyn unig yw e.'

'A ddylech chi ddim dweud *boring*; does dim byd yn *boring*. Dim ond pobl *boring* sy'n gweld pethau'n *boring*. Hen air hyll. Hen syniad hyll, Seisnigaidd. '*Boring is in the eye of the beholder*', dyna beth o'n i'n arfer ei ddweud wrth bobl yn Llundain pan fydden nhw'n defnyddio'r gair yn rhy aml. Mae gan bawb ei stori.'

Daeth y bwyd a'r cwpaneidiau ond aeth Ann Griffiths yn ei blaen.

'Mr Cadwaladr,' meddai, 'mae'n beth od ond er taw dim ond echdoe y cwrddais i â chi am y tro cyntaf, dw i'n teimlo 'mod i'n eich nabod chi ers blynyddoedd a 'mod i'n gallu siarad â chi. Dw i ddim yn teimlo'n chwithig yn dweud pethau fel hyn hyd yn oed. A chan ein bod ni eisoes wedi rhannu cyfrinach, ga' i ddweud rhywbeth arall i'w gadw rhyngom ni, Mr Cadwaladr?'

Petrusais cyn ei hateb. Ofnais y byddai hi'n dweud ei bod wedi cwympo mewn cariad â mi, er nad oedd dim arwydd o hynny. Ond roeddwn i'n ddiolchgar am un peth; roedd pob bwrdd yn y caffe bach hwnnw mewn rhyw fath o alcof ac felly pe dywedai rywbeth rhyfedd —wyddwn i ddim beth i'w ddisgwyl—ni fyddai neb arall yn debyg o glywed.

'Cewch,' atebais o'r diwedd.

'Pan ŷch chi'n edrych arna' i, Mr Cadwaladr, yr hyn ŷch chi'n ei weld yw gwraig ganol oed, ddim yn hen o bell ffordd—dyw hi ddim yn hanner cant eto, mae'n wir —ond rŷch chi'n teimlo'n ifanc wrth ei hochr hi. Mae'n anodd i chi gredu hyn, efallai, ond fe fues i'n ifanc unwaith hefyd—yn iau nag ŷch chi nawr, wrth gwrs. A phan o'n i'n ifanc, roedd hi'n amser cyffrous. Rwy'n edrych yn ddigon parchus a chymedrol nawr, gobeithio, ond yn y chwe-degau ro'n i'n rhan o'r peth, rhan o ysbryd yr oes, ac yn dymuno bod yn rhan o'r cyffro. Ro'n i'n gweld 'Nhad a'i eisteddfodau a Mam a'i chapel a'i hysgol Sul byth a hefyd yn ddiflas iawn, felly gadewais Gymru a symud i fyw yn Llundain a chael gwaith mewn swyddfa fel ysgrifenyddes. Dyna gyfnod y *Beatles* a'r sgertiau mini. Ro'n i'n feiddgar a mentrus iawn, er taw fi sy'n dweud. Gwisgwn y sgertiau byrraf, y rhai mwyaf cwta posib, heb unrhyw ofn. Wrth gwrs, ro'dd pob merch yn gwisgo sgertiau byrion y pryd hynny ond ro'dd rhai merched yn swil iawn, a gweud y gwir. Nid Ann Griffiths. Cefais 'y ngwallt wedi'i dorri yn null Mary Quant yn *salon* Vidal Sassoon. Gwisgwn fascara nes 'mod i'n edrych fel glöwr. Buasai 'Nhad a Mam wedi cael ffit 'tasen nhw wedi 'ngweld i—a 'tasen nhw wedi 'ngweld i, prin y basen nhw wedi fy nabod i—ond allen nhw ddim 'y ngweld i, a dyna'r pwynt. Roeddwn i'n rhydd. Ar ôl byw mewn twll o le yn Earl's Court am gyfnod, symudais i le gwell yn Chelsea. Awn i'r King's Road a Petticoat Lane i brynu dillad. Ro'n i yng nghanol y bwrlwm. Ro'dd gen i gannoedd o ffrindiau, ro'n i'n nabod llawer o bobl a do'n i ddim yn teimlo'n unig. Ro'n i'n mynd i bartïon a dawnsfeydd bob nos. Dwn i ddim sut y llwyddais i fynd i'r swyddfa bob bore, yn enwedig ar ôl y penwythnosau gwyllt. Ond ro'n i'n ifanc ac yn llawn egni. Ond ro'n i'n ddiniwed hefyd. Dyna gyfnod y Gymdeithas Oddefgar, fel y gelwid hi, y Bilsen a Chariad Rhydd. Ac ro'dd gen i ddigon o gariadon. Dyna gyfnod arbrofi â chyffuriau, hefyd. Ro'dd pawb yn cymryd cyffuriau o ryw fath neu'i gilydd mewn partïon y pryd hynny. Ro'dd y *Beatles* yn cymryd cyffuriau, ro'dd y *Rolling Stones* yn cymryd cyffuriau. Cafodd y *Rolling Stones* eu dal, ac ro'dd Marianne Faithful gyda nhw, mewn sefyllfa braidd yn anghyfleus—mae'n rhan o chwedloniaeth y cyfnod hwnnw erbyn hyn, wrth gwrs. Wedyn daeth y saith-degau â Janis Joplin a Jimi Hendrix a Bob Marley. Gwaetha'r modd, ro'dd rhai o'r bechgyn ro'n i'n gyfeillgar â nhw yn awyddus i efelychu'r gwroniaid hyn. Ro'n nhw'n gofyn imi guddio pacedi bach yn fy fflat byth a beunydd. "Fydda neb yn meddwl am chwilio cartre Cymraes fach neis fel ti," medden nhw. A finnau ond yn rhy falch i'w helpu, yn meddwl 'mod i'n gwneud cymwynas â nhw. Yna, un noson, ro'dd 'na barti mawr yn fy fflat i yn Chelsea. Ro'n i wedi gwahodd pawb o'n i'n nabod oherwydd ro'n i'n dathlu prynu fy *Mini* cyntaf—fy nghar cyntaf, yn wir—un newydd sbon, hefyd, ar ôl cynilo a chynilo a bod yn gymharol ddarbodus am amser eitha' hir. Ro'dd 'na bobl a oedd yn adnabyddus ar y pryd yn y parti hwnnw; actorion a chantorion pop a'u recordiau yn y siartiau ac un *deejay* nad oes neb yn sôn amdano nawr. Yn oriau mân y bore, es i'r stafell ymolchi a dyna lle'r o'dd un o'm ffrindiau, un o'm cariadon, yn wir, yn farw ar y llawr—wedi cymryd gormod o heröin. Wna i byth anghofio'r olygfa. Wedyn, daeth yr heddlu. Cefais f'arestio. Ro'dd y fflat yn llawn cyffuriau. Mae'n wir 'mod i'n gwybod am rai ohonyn nhw, y fi o'dd wedi'u cuddio nhw yno, ond ro'dd 'na beth wmbrath o stwff do'n i'n gwybod affliw o ddim amdano. Pobl eraill oedd wedi'i guddio yn fy nghartref i. Fy ffrindiau. Wel, oherwydd y farwolaeth, cefais 'nedfrydu i amser go hir yn y carchar. Chysylltais i ddim â'm rhieni. Ond ar ôl imi gael fy rhyddhau, fe es i adre'n syth a wnes i ddim gadael cartref fy rhieni byth wedyn. Ond wnes i ddim dweud yr hanes hwn wrthyn nhw. Lluniais ryw stori am fod ar goll a cholli 'nghof. Wnes i ddim dweud wrth fy mrawd hyd yn oed, a dw i'n agos iawn at fy mrawd. Dyma'r tro cyntaf i mi ddatgelu'r stori wrth neb arall.'

Buon ni'n dawel am dipyn ar ôl i Ann Griffiths orffen ei stori. Wyddwn i ddim beth i'w ddweud.

'Dw i'n gallu gweld eich cydymdeimlad a'r ddeall-twriaeth yn eich llygaid; felly, peidiwch â dweud dim, Mr Cadwaladr. Ond os ŷch chi'n meddwl 'mod i wedi dewis lle rhyfedd i wneud datguddiad mor bwysig, cofiwch taw dim ond rhan o'r stori yw'r hyn dw i wedi'i ddweud y prynhawn 'ma. A dw i'n awyddus i ddweud y gweddill wrthoch chi hefyd.'

Cododd ac aeth i dalu am y bwyd a'r diodydd—a adawyd heb ei fwyta a heb eu hyfed.

'Diolch am wrando. Bydda i'n dod i'r dosbarth nos Fawrth. Tan hynny, da boch chi.'

Ac ar hynny, gadawodd y caffe.

3

Yr wythnos honno, un diwrnod (y dydd Sadwrn, mae'n debyg, dw i ddim yn cofio'n iawn) roeddwn i'n dringo'r grisiau a arweiniai i'm stafell, a minnau wedi bod yn siopa, pan agorodd Mr Owen ddrws ei stafell a gofyn imi fynd ato am gwpanaid o de.

'Gallwn i ladd cwpanaid o de,' meddwn i—peth gwirion i'w ddweud (sut mae lladd cwpanaid o de?) ond roedd syched anghyffredin arnaf. 'Mi af â'r negesau 'ma i'm stafell. Bydda i'n ôl mewn chwinciad.' Ac felly y bu.

''Ti wedi bod yn siopa, boi?' gofynnodd Mr Owen yn ei lais bach gwichlyd.

'Ydw. Bara, caws, coffi, wyau, ffa.'

'Picio i lawr i'r siop ar y gornel fydda i y dyddiau 'ma. Alla' i ddim cario pethau'n ôl o ganol y ddinas. Rhy bell a dw i ddim yn licio bysiau. Dim lle arnyn nhw ac maen nhw'n siglo dyn gormod. Ond ro'n i'n licio siopa gyda Mam. Ro'n i wrth fy modd, ro'n i'n licio'r siopau—yr aroglau, y lliwiau, y pacedi, y siapiau, y silffoedd di-bendraw, y papurau.'

Tywalltodd y te â'i ddwylo bach pinc gan estyn y cwpan i mi.

'Diolch, Mr Owen, perffaith fel arfer.'

'Fyddai Mam ond yn prynu'r pethau gorau bob amser —danteithion, amrywiaeth o gawsiau, nage dim ond *cheddar* plaen o hyd, ond pethau crwn coch, oren, melyn, trionglau melyn a glas, oren a gwyrdd. Ac wedyn ffrwythau: grawnwin coch a gwyrdd, heb hadau, melys a blas gwin arnyn nhw; orennau bach bach, melys eto; afalau gwyrdd a choch, a'u crwyn yn gaboledig; bananas melyn—ro'dd Mam yn ofalus iawn gyda'r bananas bob amser; cymerai'i hamser i ddewis y rhai mwyaf di-glais a difrycheulyd o felyn eu crwyn. Wedyn y llysiau: moron; tatws (roedd y tatws yn gorfod bod cystal â'r afalau bron); bresych gwyrdd; merllys, hyd yn oed mewn bwndeli bach taclus; a blodfresych, gwyn a chaled. On'd oes gen i gof da, manwl, boi, gwell na'r cyffredin?'

'Oes, eithriadol.'

'Wedyn y pysgod: mecryll, penwaig, cocos bach oren, corgimychiaid pinc â'u llygaid a'u coesau a'u teimlyddion hir, a lledenod gwyn, fflat a smotiau oren ar eu cefnau llwyd.'

'Rŷch chi'n rhyfeddod, Mr Owen.'

'Ac yna fy hoff bethau, y cigoedd. Cigoedd pinc a choch a gwyn.'

'O! peidiwch â sôn am gig, da chi, Mr Owen.'

'Yr ham a'r bacwn a'r eidion.'

'O! na! Dw i'n erfyn arnoch chi.'

'Pam, be' sy'n bod arnoch chi?'

'Dw i ddim yn bwyta cig. Mae meddwl am y gwaed a'r lladd yn atgas.'

'Be'? Ddim hyd yn oed ffowlyn, cyw iâr, clacwydd, gŵydd? Beth ŷch chi'n wneud amser Nadolig?'

'Peidiwch â sôn rhagor am gig, mae'n troi fy stumog, yn codi cyfog arna' i.'

'Paid â bod yn wirion, boi, byddai Mam yn prynu cig oen a chig carw weithiau, hyd yn oed . . .'

Ar hynny, rhedais am y tŷ bach. Druan o Mr Owen, roedd e wedi mynd i dipyn o hwyl yn rhestru ei hoff fwydydd a doedd e ddim yn deall f'ymadawiad disymwth.

O ffenestr y stafell ymolchi, gallwn weld Mr Schloss yn yr ardd yng nghwmni'i gath. Roedd e'n gwisgo'i *toupée* newydd o hyd. Roedd y clawr o wallt wedi llithro i un ochr o'i ben. Allwn i ddim deall beth oedd e'n ei wneud yn yr ardd. Yn sicr, doedd e ddim yn garddio. Roedd yr ardd yn domen, yn anialwch o sbwriel a chwyn, darnau o hen feiciau a gwelyau a matresi yn pydru ac yn rhydu. Prin bod 'na le iddo fe a'i gath symud.

Meddyliais am hen ffilm Hitchcock, *Rear Window*, lle mae James Stewart wedi torri'i goes ac yn gorfod gorffwys yn ei fflat. Mae'n gwylio'i gymdogion dros y ffordd yn byw eu bywydau—mae'n gallu gweld i mewn i'w ffenestri nhw. Ac mae ef a Grace Kelly yn dechrau amau bod Raymond Burr wedi lladd ei wraig a chladdu'i chorff yn yr ardd. Yn y diwedd, maen nhw'n llwyddo i ddal Raymond Burr a chael yr heddlu yno. Ond dw i ddim yn cofio sut a dw i ddim yn cofio a oedd e wedi lladd ei wraig a'i chladdu hi ynteu a oedd e wedi gwneud rhywbeth arall. Ta beth, roedd e'n euog, ac fe'i daliwyd, diolch i'r ffaith fod James Stewart wedi bod yn gwylio bywydau preifat ei gymdogion trwy ei delesgôp yn ddigywilydd o fusneslyd.

Yn y prynhawn, yn ddiweddarach, aeth Ffloyd a finnau am dro yn y ddinas. Crwydro'r siopau gan edrych ar bethau na allen ni eu fforddio. Camerâu, fideos, radios, setiau teledu, yn enwedig y rhai bach y gellid eu cario mewn poced; yn wir, apeliai pob teclyn trydan at Ffloyd. Pan na fyddai'n syllu ar ryw chwaraeydd crynoddisgiau neu recordydd, byddai Ffloyd yn syllu ar y merched yn mynd heibio ac yn gwneud ensyniadau a sylwadau hollol ddi-chwaeth. O bryd i'w gilydd, dywedai: "Ti'n gweld hon'na â'r gwallt golau a'r tits mawr? Dw i wedi cael hon'na.'

Buaswn wedi hoffi mynd i weld ffilm dda ond doedd yr un ffilm werth ei gweld yn cael ei dangos yn y ddinas y prynhawn hwnnw. Gwyddwn hefyd nad oedd mynd i weld ffilm ar brynhawn Sadwrn yn gynllun da; mae gormod o bobl yn gwneud yr un peth, ac yn fynych bydd heidiau o blant neu griwiau o lanciau yn disgyn ar y sinema ac yn piffian chwerthin neu'n siarad neu'n bwyta pop-corn a chreision neu'n taflu pethau trwy'r awyr ac yn gwneud mwstwr drwy gydol y ffilm. Wedyn mae'n anobeithiol. Ni all dyn ganolbwyntio yn y fath awyrgylch. Mae'n llawer gwell yn y prynhawn, ganol yr wythnos—y pryd hynny mae'r sinemâu'n hanner gwag, yn amlach na pheidio.

Ond i fynd yn ôl at y prynhawn hwnnw. Roedd Ffloyd a finnau wedi bod yn cerdded mewn cylchoedd am hydoedd ac yn dechrau diflasu. Roedd canol y ddinas yn orlawn, a phawb yn gorfod cerdded yn araf, dim lle i symud. Yna, yn annisgwyl, gwelais Ann Griffiths yn y pellter yn diflannu i gyntedd un o'r siopau mawr, crand. Roedd ei gwisg yn drwsiadus a chwaethus fel arfer; glas tywyll a hufen oedd y lliwiau y tro hwn, ac roedd hi'n cerdded yng nghwmni dyn tua'r un oedran â hi. Roedd

64

e'n denau, ychydig yn fyrrach na hi (ond roedd Ann yn fenyw dal a gwisgai esgidiau sodlau main a ychwanegai at ei thaldra). Roedd yntau'n daclus; siwt dywyll a chôt fawr ysgafn, olau. Roedd ganddo wallt llwyd trwchus. Wrth iddi fynd i mewn i'r siop, agorodd y dyn y drws mawr gwydr iddi.

'Be' sy'n bod arnat ti?' gofynnodd Ffloyd, wedi sylwi arnaf yn sefyll yn stond, 'Wedi gweld merch 'ti'n ffansïo?'

Dyna pam roeddwn i'n hoffi Ffloyd. Un llwybr oedd i'w feddyliau. Roedd hyd yn oed ei ddiddordeb mewn pethau trydan yn tarddu o'r unig syniad hwnnw. Pe gallai gael yr holl declynnau yna—y camerâu, yr hei-ffeis, y teledu lliw anferth a'r teledu lliw bach—gallai wneud gwell argraff ar y merched. Gall dyn ddibynnu ar un fel Ffloyd, rhywun mor unllygeidiog (trueni am y gair mwys); gellir bod yn sicr ohono; bod â ffydd yn y ffaith y bydd popeth sydd yn digwydd o'i gwmpas yn ddŵr i felin ei feddylfryd cyson.

Ac wrth gwrs, roedd cysgod o wirionedd yn ei sylw y tro hwnnw. Am y tro cyntaf, cyfaddefais wrthyf fy hun, efallai fy mod wedi fy swyno gan Ann Griffiths. Oblegid cenfigen oedd yr unig air cymwys i ddisgrifio'r hyn a deimlais wrth ei gweld hi yng nghwmni'r dyn dieithr, cyfoethog a bydol-ddoeth yr olwg.

Roedd y datguddiad wedi fy mwrw oddi ar f'echel braidd.

'Gad inni fynd i rywle am rywbeth i'w yfed,' meddwn. Felly aethon ni i'r dafarn agosaf.

'Be' sy'n bod arnat ti?' gofynnodd Ffloyd am yr ail dro, ar ôl iddo ddod 'nôl o'r bar wedi iddo brynu'r diodydd.

''Ti wedi cael pwl o rywfath? 'Ti'n edrych yn giami.'

'Dw i'n iawn, popeth yn iawn, paid â phoeni.'

''Ti ddim yn iawn. 'Ti'n edrych fel 'taset ti wedi gweld rhyw bisyn wnaeth roi dôs o'r crancod bach iti.'

'Doedd e ddim byd fel'na.'

'Wel, dw i newydd weld hen hwren yn y lle 'ma roes gosfa yn 'y mhidlen i unwaith ar ôl imi roi un iddi. A wna i byth faddau iddi. Do'n i ddim yn gallu cael ffyc am wythnosau wedyn.'

Roeddwn i'n dechrau blino ar yr hen dôn gron. Roeddwn i'n anniddig a phenderfynais fy mod wedi clywed Ffloyd yn brolio digon am un prynhawn.

'Wel, ble mae hi, 'te? Pa un yw hi?'

'Pa un yw pwy?'

'Pa un o'r merched 'ma oeddet ti'n siarad amdani nawr?'

'Mae hi wedi mynd nawr.'

Ar hynny, gwelais Manon a Menna a gofynnais iddyn nhw ymuno â ni.

'Do'n i ddim yn disgwyl eich gweld chi'ch dwy mewn lle fel hyn,' meddwn i.

'Pam?' gofynnodd Manon.

'Wel, dwy Gymraes lân o'r cymoedd,' ac wrth i'r geiriau gwirion ddod o'm genau, sylweddolais fy mod i newydd gamu'n droednoeth ar gols poeth.

'Beth ŷch chi'n awgrymu?' ebychodd Menna.

'Ie. All dwy ferch ddim dod i dafarn i gael pecyn o gnau a coca-cola heb fod rhyw ddyn yn dod atyn nhw i awgrymu'u bod yn hwrio neu rywbeth,' meddai Manon.

'Mae'n ddrwg gen i. Do'n i ddim yn awgrymu dim byd fel'na o gwbl. Jôc oedd hi.'

'Jôc? Pa fath o jôc? Do'n i ddim yn gweld dim byd doniol yn y peth, o't ti, Menna?'

'Nag o'n i.'

'Dyna fe, Mr Cadwaladr, do'dd eich jôc ddim yn ddoniol iawn, nag o'dd hi?'

'Wel, mae jôcs yn mynd yn rong yn anfwriadol weithiau, on'd ŷn nhw?'

Roedd Ffloyd wedi mynd i'w gragen yn llwyr. Crafais fy mhen wrth feddwl am rywbeth i dorri'r tyndra.

'Ydych chi wedi ysgrifennu'ch traethodau ar T. H. Parry-Williams eto?'

'Nac ydw,' meddai Manon.

'Na,' meddai Menna.

'Hoffech chi gael coca-cola arall?'

'Dim diolch,' meddai Manon, gan godi.

Cododd Menna hefyd. 'Rŷn ni'n mynd.'

Wrth iddyn nhw droi eu cefnau, dywedodd Ffloyd:

''Na be' mae'r ddwy lesbian 'na'n mo'yn yw ffyc go iawn gan ddyn go iawn.'

Daeth Manon yn ôl atom, yn goch ac mor ffyrnig â tharw.

'Fe glywes i hyn'na,' meddai. A chyda holl nerth ei braich sylweddol, rhoes glatsien i Ffloyd ar draws ei foch dde. Rywsut daeth ei lygad wydr yn rhydd. Llwyddodd i'w dal yn ei law, diolch i'r drefn, a'i hailosod yn gyflym. Ond gwelodd y ddwy ferch hynny ac aethant allan gan chwerthin yn aflywodraethus i'w dwylo.

Roedd Ffloyd yn dawel am hydoedd wedyn, a'i ben yn ei blu. Roedd marc coch ar ei wyneb lle'r oedd Manon wedi'i daro. Prynais beint arall iddo ond wnaeth e ddim cyffwrdd ynddo.

'Dere,' meddwn i o'r diwedd, 'awn ni'n ôl ar y bws.'

'Na, dw i ddim eisiau mynd 'nôl 'to.'

'Elli di ddim eistedd yma drwy'r dydd.'

'Dw i eisiau dweud rhywbeth wrthot ti.'

'Beth?'

'Ro'n i'n haeddu'r glatsien 'na am siarad fel'na, on'd o'n i? Brolio o hyd ac o hyd. Y gwirionedd amdani yw . . . dw i erioed wedi cysgu gyda merch, erioed. Dw i erioed wedi cusanu merch hyd yn oed. Dw i ddim wedi dal llaw merch er pan o'n i'n fach. Yr holl frolio 'na. Celwydd i gyd. Ceisio cuddio'r peth o'n i. Twp, ontefe?'

'Paid â phoeni am y peth.'

'Dw i'n ofni merched. Ofni siarad â nhw. Ac eto mae arna' i gywilydd 'mod i heb gael dim profiad . . . profiad gyda merch. 'Ti eisiau gwbod sut collais i'r llygad 'ma?'

'Dim ond os wyt ti eisiau dweud.'

'Mewn parti, pan o'n i'n blentyn. Gwnaeth merch fach fy nhrywanu â fforc yn fy llygad. Damwain oedd hi. Y fi oedd wedi'i phryfocio hi, mae'n debyg. Bob tro dw i'n siarad â merch, y peth cynta' mae'n ei weld yw bod gen i lygad ffug. Dw i'n ofni fod hynny'n troi merched i ffwrdd, neu dw i'n ofni, pan fydd mwy nag un ohonyn nhw gyda'i gilydd, dw i'n ofni'u bod nhw'n mynd i chwerthin am fy mhen. Ac eto dw i'n licio merched; dw i'n dwlu arnyn nhw. Mae arna' i gywilydd 'mod i'n teimlo fel hyn. Wnei di ddim dweud wrth neb arall, na wnei?'

'Wna i ddim. Paid â phoeni.'

Penderfynais beidio â chynnig cyngor. Wedi'r cyfan, doeddwn i ddim yn awdurdod eang yn null Rayner, Raeburn neu Proops ar sut i roi trefn ar fywyd emosiynol

meidrolion eraill. I'r gwrthwyneb—doedd dim llawer o
drefn ar fy mywyd emosiynol i fy hun. Yn wir, doedd fy
mywyd emosiynol ddim yn bod. Ystyriais awgrymu ei fod
yn meddwl am fenywod fel pethau rhywiol yn unig;
ystyriais awgrymu ei fod yn rhy awyddus i gysgu gyda
merch heb feddwl am ddatblygu cyfeillgarwch neu
sefydlu perthynas i ddechrau. Ond swniai'r cynghorion
yna'n hollwybodus a hunangyfiawn, fel petai gen i
brofiad o'r pethau hyn. Ystyriais ddweud ei fod yn siŵr
o ddod o hyd i'r ferch iawn a fyddai'n ei garu gan
anwybyddu'i lygad ffug. Ond ymgroesais rhag dweud
dim o'r fath oherwydd doedd dim sicrwydd ynghylch
hynny ychwaith. Efallai fod Ffloyd yn iawn ac y byddai'i
lygad ffug yn peri bod y merched yn cadw o hyd braich
ac nad enynnai ddim ond gwawd a chrechwen a
chreulondeb weddill ei oes.

Ni ddywedais i ddim, felly, ac aethon ni'n ôl i dŷ Mr
Schloss ar y bws dan gwmwl o ddistawrwydd.

Pan ddaeth nos Fawrth, roedd hi'n bwrw glaw eto. Es
i'r swyddfa i gasglu'r gofrestr.

'Sut ŷch chi?' meddwn i wrth Siriol.

'Mr Cadwaladr, dŷch chi ddim wedi rhoi'r cyfeiriadau
llawn a'r rhifau ffôn ar y rhestr. A wnewch chi hynny
heno, os gwelwch chi fod yn dda?' meddai Siriol.

'Gwnaf, wrth gwrs.'

'Wel, cofiwch wneud, hefyd. Mae'n rhan o'ch cytundeb
eich bod chi'n llenwi'ch cofrestr yn iawn. Mae rhai
ohonoch chi'r tiwtoriaid yn disgwyl inni wneud popeth.
'Taswn i'n gorfod dodi rhif ffôn a chyfeiriad pob aelod o
bob dosbarth ar gofrestr pob tiwtor am bob dosbarth

byddwn i yma o fore gwyn hyd nos a fyddwn i byth yn mynd adre i weld 'y nghathod.'

'Diolch, Siriol, am eich cyngor,' meddwn i gan adael y swyddfa.

Y cyntaf i gyrraedd eto oedd Llysnafedd, a'i wallt yn seimllyd, ei ddillad a'i farf fwsoglyd yn diferu. Ymdebygai i lygoden fawr wedi codi o'r carthffosydd.

'Bwrw—glaw—eto—heno—Mr Cadwaladr.'

'Ie. Glaw, glaw o hyd.'

Wedyn, cyrhaeddodd Mrs Morton, yn sych.

'Noson gas eto,' meddai.

'Ie, fel ro'n i'n dweud wrth Mr List-Norbert, glaw, glaw o hyd.'

'Glaw, glaw yn Tseina

A thiroedd Siapan

Plant bach melynion sy'n byw . . .',
canodd Mrs Morton ac yna chwerthin. Wnaeth Llysnafedd na finnau ddim chwerthin. Edrychodd Llysnafedd arni'n hurt a diddeall. Roedd hi'n noson rhy wlyb i chwerthin oni bai fod gan rywun ei *Volvo* ei hun.

Ymddangosodd Gary tua saith o'r gloch ac yn fuan ar ei ôl daeth Ann Griffiths, ei hymbarél plygu coch yn wlyb yn ei llaw. Roedd hi'n gwisgo siwt â sieciau mawr du a gwyn arni, perlau ar ei chlustiau a rhes hir ohonynt hefyd am ei gwddwg.

Doeddwn i ddim yn disgwyl Manon a Menna a ddaethon nhw ddim chwaith.

'Wel, gadewch inni ddechrau. Mi wna i gasglu'ch traethodau ar T. H. Parry-Williams a chewch chi nhw'n ôl yr wythnos nesaf ac efallai y cawn ni drafod ambell bwynt sy'n codi. Nawr 'te, beth am Kate Roberts? Heno, dw i'n mynd i drafod un o'i storïau byrion, un anghyffredin yn dwyn y teitl "Teulu Mari" sydd yn y gyfrol *Hyn o Fyd*.'

Amlinellais y stori'n fras gan ddarllen rhannau ohoni. Aeth y wers yn rhwydd y noson honno a dydw i ddim yn amau nad presenoldeb Ann Griffiths oedd yn gyfrifol am hynny. Bob hyn a hyn, edrychwn arni a'i dal hi'n gwrando arnaf yn astud, yn rhoi'i holl sylw i mi. Er ei bod wedi dangos imi ei bod yn deall gwaith Kate Roberts ac wedi cymryd y gwynt o'm hwyliau drwy grynhoi'i holl deimladau ynglŷn â'r llenor yn gyfewin iawn, nid oedd ei bodolaeth yn y dosbarth yn gwneud imi deimlo'n anghyfforddus o gwbl. I'r gwrthwyneb, cefais y teimlad fod ei gwrandawiad yn f'ysbrydoli; gwyddwn fod gan o leiaf un aelod o'm cynulleidfa fechan wir ddiddordeb yn fy marn a'm syniadau. Gwyddwn ei bod yn gwerth-fawrogi f'ymdrech i daflu goleuni ar waith Kate Roberts. Roedd hi'n codi fy nghalon. O'i herwydd, fe es i dipyn o hwyl ac ymhell dros amser coffi.

Yn ystod yr egwyl, daeth ataf a dywedodd:

'Rŷch chi'n darlithio'n gyffrous iawn heno, Mr Cadwaladr.'

'Diolch yn fawr, Miss Griffiths, ond faswn i ddim yn galw peth mor ddisylwedd yn "ddarlithio".'

'Mr Cadwaladr, gobeithio na wnewch chi ddim meddwl 'mod i'n hy ofnadw, ond ar ôl y dosbarth, baswn i'n licio parhau â'n trafodaeth. A oes modd inni gwrdd ar ôl y wers?'

'Oes, wrth gwrs, â chroeso.' Doeddwn i ddim yn siŵr at ba drafodaeth roedd hi'n cyfeirio; at fy nhrafodaeth ar waith Kate Roberts ynteu at ein sgwrs y diwrnod o'r blaen.

Aethon ni i gyd yn ôl i'r stafell ddosbarth.

'Nawr, oes gan rywun rywbeth i'w ddweud am y stori hon? Mr List-Norbert?'

'Rhyfedd iawn. Ddim fel Kate Roberts. Dychan. Fel *Animal Farm* Orwell. Ond dim—gwleidyddiaeth. Ond gwleidyddiaeth hefyd. Dwn i ddim.'

'Diolch, Mr List-Norbert. Gary?'

'Mae Kate Roberts 'di mynd yn cracyrs, o'i cho', off ei phen. Anifeiliaid yn siarad! Mae hi 'di mynd yn ga-ga.'

'Mrs Morton?'

'Tybed o's 'na gysylltiad ym meddwl yr awdures rhwng y stori hon a'r hen bennill:

Ci a chath a chyw a chywen
Yw cwmpeini Marged Owen;
Pan fo Marged Owen brudda',
Daw y rhain o'i blaen i chwara'?'

'Diddorol iawn, Mrs Morton. Ac am wn i, efallai'ch bod chi'n iawn. Efallai'n wir fod Kate Roberts wedi meddwl am stori wedi'i seilio ar y pennill 'na, neu fod y pennill yng nghefn ei meddwl pan ddechreuodd hi'r stori. Ar y llaw arall, mae'r anifeiliaid yn y stori yn wahanol, on'd ŷn nhw? Ofnaf fod y cysylltiad yn rhy denau efallai. Roedd gan Kate Roberts gi o'r enw Bob a dw i'n siŵr mai amdano fe roedd hi'n meddwl pan sgrifennodd hi'r rhannau am y ci yn y stori.'

'Mr Cadwaladr, ga' i ofyn rhywbeth arall?'

'Cewch, Mrs Morton.'

'Wel, beth yw ystyr yr ymadrodd: "mi mala'i un o'n glyfrïau pan ga' i afael arno fô eto"? Yn arbennig y gair "glyfrïau". Ai rhywbeth fel "cyrbibion" yw'r ystyr? Yn ein hardal ni, dw i'n cofio'r hen wragedd yn gweiddi ar ein holau: "Fe fele chi'n gyrbibion men os ce i efel ynech chi". Cyrbibion, hynny yw, "yfflon".'

'Dw i'n weddol siŵr eich bod chi'n iawn eto, Mrs Morton. 'Chi'n gwybod mwy am hen eiriau a thafodiaith na fi.'

Edrychais ar Ann Griffiths gan feddwl ei chynnwys hi yn y sgwrs ond gwnaeth ystum i ddangos nad oedd arni eisiau dweud dim.

Ar hynny, penderfynais ddirwyn y dosbarth i ben. Roedd hi'n ddeng munud i naw. Ni lwyddais erioed i gynnal dosbarth hyd ddiwedd yr amser penodedig ond, wedi dweud hynny, ni chwynodd neb erioed am imi orffen yn gynnar.

Cwrddais ag Ann Griffiths y tu allan i'r swyddfa, yn y coridor, ar ôl imi ddychwelyd y gofrestr.

'Wel,' meddwn i, 'i ble'r awn ni?'

'Mae hi braidd yn ddiweddar, on'd yw hi, i fynd i rywle am bryd o fwyd.'

'Beth am fynd i dafarn gyfagos?'

'Dw i ddim yn licio tafarndai, Mr Cadwaladr. Nid 'mod i'n ddirwestreg, dim byd fel'na, ond alla' i ddim dioddef yr awyrgylch. Rhy fygythiol.'

'Beth am fynd i gaffe bach i gael coffi?'

'A dweud y gwir, Mr Cadwaladr, roedd gen i le mwy preifat mewn golwg. Baswn i'n falch o'ch gwahodd i'm tŷ i ond mae hi braidd yn bell, yn enwedig ar noson fel hon. Ga' i awgrymu ein bod ni'n mynd 'nôl i ble bynnag rŷch chi'n byw, Mr Cadwaladr?'

Roedd y syniad yn un brawychus. Doedd y peth ddim wedi croesi fy meddwl. Mynd â menyw barchus, soffistigedig fel hon yn ôl i'm stafell! Fy stafell gyfyng, flêr i â'r tuniau a'r papurau, a'r sigarennau ar y llawr, y llestri ag olion bwyd arnynt yn bentwr yn y bosh, yr hen ddillad brwnt ar hyd y lle, y gadair unig a'r cynfasau melynion budr ar y gwely!

'Na, alla' i ddim mynd â chi adre i'm stafell i, Miss Griffiths. Un stafell sydd 'da fi a dyna lle dw i'n cysgu a choginio a bwyta a phopeth.'

'Sdim ots 'da fi. Bues i'n byw mewn lle fel'na fy hunan am amser hir yn Llundain.'

'Ond mae'n flêr, Miss Griffiths. Basai cywilydd arna' i ddangos y fath le i chi. Yn wir, dw i ddim wedi golchi'r llestri ers dyddiau a dw i ddim wedi cymoni ers misoedd.'

'Yn union fel baswn i'n disgwyl. Rŷch chi'n fardd, Mr Cadwaladr, ac y mae sigl y gynghanedd yn bwysicach na chodi llwch i fardd. Ta beth, dydw i ddim mor falch na alla' i eistedd mewn tipyn o annibendod am hanner awr.'

'Ŷch chi'n benderfynol iawn, dw i'n gweld.'

'Mr Cadwaladr, rŷch chi wedi clywed rhan o'm stori ond dim ond rhan. Mae arna' i eisiau, na, mae arna' i reidrwydd i ddweud y cyfan wrthoch chi. Gadewch inni fynd cyn inni golli'r bws.'

Ond collasom un bws a bu'n rhaid inni sefyll yn y glaw am chwarter awr arall. Hyd yn oed wrth iddi gysgodi rhag y glaw wrth aros am fws, edrychai Miss Ann Griffiths fel petai newydd gamu allan o *Rolls Royce* sgleiniog.

'Dewisoch chi stori anodd o waith Kate Roberts i'w thrafod heno. Stori ryfedd iawn, yr un am yr hen wraig a'r anifeiliaid. Dw i'n synhwyro bod Kate Roberts wedi anelu at ryw fath o ddychan, ond dw i ddim yn hollol siŵr pwy neu beth mae hi'n ceisio'i ddychanu. Mae'n union fel 'tasa hi wedi bwriadu dychanu un peth, pobl hunanol efallai, ond bod y gwaith ei hun wedi cymryd ei fywyd ei hun a bod y stori'n dychanu pethau eraill, pethau nad oedd Kate Roberts wedi bwriadu'u dweud. O! peidiwch â cheisio dilyn be' dw i'n treio'i ddweud, dw i ddim yn siŵr be' dw i'n treio'i ddweud, yn wir. Y fi sydd wedi camddeall y stori, dw i'n siŵr. Ond ga' i roi'r peth fel hyn: y mae pobl yn debyg i storïau, on'd ŷn nhw? Wel, mae'r storïwr yn ceisio dweud un peth ond rhywbeth arall sy'n cael ei gyfleu. Y mae ar bawb eisiau creu rhyw ddelwedd allanol; hynny yw, mae ar bawb eisiau'i gyflwyno'i hunan fel yr hoffai fod ond, rywsut neu'i gilydd, mae rhywbeth yn mynd o'i le ac y mae pobl yn tueddu i edrych yn wahanol i'r ffordd maen nhw'n dymuno edrych. Wel, edrychwch arna' i; dyma'r enghraifft orau y gwn i amdani. Mi hoffwn i edrych fel Jeanne Moreau yn *Y Briodferch Mewn Du,* ac yn fy mhen dw i'n teimlo fel Jeanne Moreau ond dw i'n edrych fel rhyw groes rhwng Barbara Cartland a Danny La Rue.'

'Dŷch chi ddim yn edrych yn debyg i'r naill na'r llall i mi. Ond dw i'n meddwl 'mod i'n deall beth sydd 'da chi. Mae perchennog y tŷ lle dw i'n byw—efallai y cewch chi gwrdd â fe heno—wedi colli'i wallt. Tan yn ddiweddar, ro'dd e'n arfer ceisio cuddio'r moelni â gweddillion ei wallt ei hun ond yn awr mae'n gwisgo *toupée.*'

'Dyna fe, yn union. Mae'n amlwg fod arno fe angen edrych fel Clint Eastwood neu rywun fel'na ac mae'n gwneud ei orau glas i wneud hynny. Ond beth sy'n digwydd—mae'n edrych yn wirion, ydy fe?'

'Ydy, gwaetha'r modd.'

Roedd y bws wedi cyrraedd y stop agosaf at fy llety. Aethon ni allan i'r glaw unwaith eto ac wrth imi dywys Miss Griffiths at y tŷ, gofynnais:

'Oes gynnoch chi ddiddordeb mewn ffilmiau? Wnaeth-och chi sôn am glasur o ffilm ar y bws ac am un o actoresau gorau'r byd, Jeanne Moreau.'

'Dw i wrth fy modd mewn sinema, Mr Cadwaladr. Mae'n well gen i hen ffilmiau ond dim hen, hen ffilmiau.'

'Dw i'n cytuno'n llwyr. Rhywle rhwng canol y pedwar-degau a chanol y chwe-degau oedd oes aur y ffilm.'

''Chi'n ffilm byff o'r iawn ryw, felly?'

'Ydw.'

'A finnau. Rŷn ni'n gydeneidiau, Mr Cadwaladr. Tynged sydd wedi dod â ni at ein gilydd.'

Pan gyrhaeddon ni ddrws fy stafell, dywedais wrth Ann Griffiths:

'Wnewch chi aros yma i mi gael clirio tipyn?'

'Gwnaf. Ond, wir ichi, does dim eisiau i chi drafferthu o gwbl.'

Yn y stafell, symudais y dillad oddi ar gadair a'u taflu i'r wardrôb, ceisiais sythu a gwastatáu dillad y gwely. Dodais y llestri budr mewn drâr. Ar hynny, agorodd y drws a daeth Ann Griffiths i mewn ac eistedd ar y gadair.

'Rŷch chi'n mynd i ormod o drafferth, Mr Cadwaladr. Fel 'tasech chi'n disgwyl y frenhines neu rywun.'

'Ga' i wneud cwpanaid o de neu goffi i chi?'

'Te, os gwelwch yn dda.'

'Ro'n i'n cerdded yn y dre ddydd Sadwrn diwethaf,' meddwn i, gan geisio swnio mor ddidaro a naturiol ag y gallwn, 'ac fe'ch gwelais i chi gyda rhyw ddyn â'i wallt wedi britho.'

'Fy mrawd, Edward, oedd hwnnw. Oes brodyr neu chwiorydd 'da chi, Mr Cadwaladr?'

'Oes. Brawd sy'n hŷn a chwaer iau na fi.'

'Ydyn nhw'n briod?'

'Ydyn, ac mae plant gan y ddau ohonyn nhw hefyd. Bachgen a merch sydd 'da fy mrawd ac mae fy chwaer newydd gael merch fach.'

'Mae 'mrawd i'n ddibriod. A finnau, fel y gwyddoch chi. Mae dibriodrwydd mewn rhai teuluoedd, fel mae T. H. Parry-Williams yn 'i ddweud yn un o'i ysgrifau. Mae e'n iau na fi, ond dim ond deunaw mis, felly rŷn ni'n agos. Rŷn ni'n teimlo fel gefeilliaid bron. Ro'n i, wrth gwrs, yn teimlo'n amddiffynnol iawn tuag at Edward pan oedd e'n fach yn yr ysgol. Rŷn ni'n dal i fod yn agos at ein gilydd er bod pethau wedi newid. Rŷn ni'n ffrindiau mawr, sydd yn beth da gan ein bod ni'n byw dan yr un to nawr. Ond wedi dweud hynny, mae 'da ni'n bywydau'n hunain, ar wahân, hefyd. Mae e'n gweithio fel dyn busnes yn y ddinas ac mae ganddo fe'i ddiddordebau'i hun. Mae'n dwlu ar geir, hen geir clasurol a cheir newydd cyflym. Mae tri char ganddo fe: dau hen, hen gar gwerthfawr—hen *Bentley* a hen *Alvis* yn sgleinio fel newydd—a *Rover* cyflym, newydd sbon, coch. Ac mae ganddo fe'i ffrindiau, un ffrind arbennig ac mae'r ddau yn mynd i ffwrdd ar eu gwyliau gyda'i gilydd ddwywaith neu dair y flwyddyn. Wedyn, dŷn nhw ddim yn gweld ei gilydd am weddill y flwyddyn. Mae Edward a finnau'n licio garddio ac rŷn ni'n licio darllen a gwrando ar gerddoriaeth. O bryd i'w gilydd, bydd Edward yn mynd â fi ar wibdaith yn un o'r ceir. Dw i ddim yn cael gwbod i ble'r ŷn ni'n mynd nes ein bod ni'n cyrraedd. Byddaf yn ceisio dyfalu ar hyd y ffordd. Ar benwythnos y bydd y gwibdeithiau hyn fel arfer. Ydyn, rŷn ni'n ffrindiau mawr o hyd, a'r naill yn gwmni i'r llall. Ond pan symudais i Lundain i fyw, teimlodd Edward 'mod i wedi'i fradychu fe. Ac wedyn 'nes i ddim cysylltu â fe o gwbl pan o'n i yn y carchar; er mawr gywilydd imi, wnes i erioed esbonio'r rheswm am y tawelwch yna wrtho. Hyd y dydd heddiw, dyw e ddim yn gwbod dim am hanes fy ngharchariad, er ei fod yn amau rhywbeth, dw i'n siŵr.'

Roeddwn i'n eistedd ar y gwely yn ei hwynebu yn y stafell gul. Cymerodd lwnc o de cyn mynd ymlaen. Roedd hi'n ddwys ac yn nerfus.

'Ac mae 'na bethau eraill, pethau pwysig, nad yw fy mrawd na neb arall yn gwbod amdanyn nhw. Dw i'n teimlo 'mod i'n gallu dweud y pethau hyn wrthoch chi, yn rhannol oherwydd dw i ddim yn eich nabod chi; rŷch chi'n dal i fod yn ddieithryn, felly, mae hyn fel siarad â dieithryn ar y trên. Rŷch chi'n gwbod wnewch chi ddim ei weld e byth eto, felly rŷch chi'n teimlo'n rhydd i ddweud y cyfan wrtho, a pheth wmbreth o gelwydd hefyd, hyd yn oed, weithiau, am ryw reswm. Ond dw i'n gallu siarad â chi hefyd oherwydd dw i'n teimlo 'mod i'n eich nabod chi'n dda eisoes, yn well na 'mrawd, mewn ffordd. 'Taswn i'n credu bod pobl yn gallu dod i'r byd 'ma sawl gwaith, fel mae rhai yn credu, baswn i'n dweud ein bod ni wedi bod yn agos, yn frawd a chwaer neu'n gariadon mewn rhyw fywyd arall neu ryw fyd arall. Ond dw i ddim yn credu pethau felly.'

Arhosodd eto i gael dracht o de ac i'w pharatoi'i hunan ar gyfer ei stori. Yn yr eiliadau hyn, aeth i edrych yn hŷn ac yn ofidus. Teimlais ei phryder a'i hing. Llyfnhaodd ei gwallt, anadlodd yn ddwfn ac yna ailddechreuodd.

'Cyn imi fynd i garchar, cyn imi fynd i fyw yn Chelsea, bues i'n byw am gyfnod hir, fel y dywedais i, mewn stafell nid annhebyg i hon, rywfaint yn llai os rhywbeth. Ro'n i'n ysgrifenyddes mewn swyddfa, ac mewn parti un noson fe gwrddais i â bachgen, wel, dyn ifanc, o'r enw Carl. Fe gwmpais i dros fy mhen a'm clustiau a'm pen ôl mewn cariad ag ef yn syth. Ar wahân i fechgyn ysgol, Carl oedd fy nghariad cyntaf. Dw i ddim yn meddwl bod neb yn anghofio'i gariad cyntaf. Roedd e'n dal, yn denau, ei wallt yn ddu, ei lygaid yn las, ac roedd e'n gyhyrog—yn union fel y tywysog yn y chwedlau, i'm tyb i. Rhywsut fe lwyddais i ddenu Carl a dyna lle buon ni'n caru, yn fy stafell fach salw i—chwain yn y gwely a chorynnod yn y corneli. Buon ni'n caru fel'na yn angerddol am sawl noson. Ond, yn fuan, sylweddolais nad oedd Carl yn ildio'i galon. Wedyn y clywais fod ganddo ferched eraill a'i fod e'n dipyn o Gasanofa. Dyna fy siom gyntaf mewn serch a do'n i ddim wedi clywed am y bilsen y pryd hynny. Diflannodd Carl ac yna fe sylweddolais 'mod i'n disgwyl. Ro'n i ar fy mhen fy hun yn Llundain mewn stafell uffernol. Ond ro'n i'n benderfynol na fyddwn i ddim yn mynd 'nôl at 'Nhad a Mam. Ro'n i'n ofni colli fy swydd ac os o'n i'n mynd i aros yn Llundain byddai'r swydd yn hanfodol. Ro'n i wedi clywed pethau erchyll am y llefydd erthylu yn y strydoedd cefn. Felly gweddïais y byddwn i'n colli'r peth. Ond wnes i ddim. Gallwn ei deimlo fe'n tyfu a thyfu y tu mewn imi. Ond ddwedais i'r un gair wrth neb. Pan ddechreuais fagu mwy o bwysau, cymerais arnaf 'mod i'n byta mwy o deisennau. Wrth gwrs, roedd merched eraill y swyddfa yn amau rhywbeth, yn nabod yr arwyddion, ond mae gan bobl y dinasoedd mawr ddawn i anwybyddu pethau a does neb yn ymyrryd ym mywydau pobl eraill. Ac ro'n i wedi f'argyhoeddi fy hunan 'mod i wedi llwyddo i dwyllo pawb. Yna, yn y diwedd, daeth f'amser a chefais y plentyn ar fy mhen fy hun, credwch neu beidio, yn y stafell ofnadw honno. Roedd y profiad yn arswydus, yn ddychrynllyd. Ro'dd gwaed a chwys a dŵr ym mhobman. Dwn i ddim sut y llwyddais i fygu fy ngriddfan, ond ddaeth neb i gnocio ar y drws i weld a oedd rhywbeth o'i le. Roedd y plentyn yn sypyn pitw, eiddil. Fe'i lapiais yn nillad gwaedlyd y gwely a'i fygu fel'na. Yna, fe deflais y bwndel i afon Tafwys y noson honno. Roedd hi'n noson oer a naws y gaeaf yn yr awyr.

Eisteddon ni'n dau mewn tawelwch trymaidd am dipyn. Dw i ddim yn siŵr am ba hyd, chwarter awr efallai, awr, dwyawr. Ymhen hir a hwyr, cododd Ann Griffiths a dweud:

'Dw i'n mynd. Fe ga' i dacsi. Nos da, Mr Cadwaladr.'

4

Welais i ddim ohoni ar ei phen ei hun am dipyn o amser wedyn, dim ond ei gweld yn y dosbarth nos. Eisteddai'n dawel yn y cefn ac ni chymerai unrhyw ran yn y trafod-aethau.

Ond ni allwn anghofio'r hyn a ddywedodd wrthyf, ac

nid oeddwn yn amau nad oedd hi'n synhwyro hynny ac yn ceisio rhoi amser imi ddod i delerau â'r peth. Synhwyrais hefyd fod mwy i'w stori a'i bod yn awyddus i rannu'r cyfan â mi.

Un diwrnod, roeddwn i'n darllen yn fy stafell pan glywais rywun yn udo ac yn llefain. Es allan yn syth i weld beth oedd yno a gweld Mr Schloss wrth ddrws y tŷ, a'r drws yn agored led y pen. Nid oedd sôn am y *toupée* a thynnai yng ngweddillion ei wallt naturiol ei hun gan alaru'n druenus. Roedd pawb ar bennau'r drysau: yr hen wraig, Ffloyd a Mr Owen, ond y fi oedd yr unig un a aeth i lawr ato i ganfod beth yn union oedd wedi tarfu arno.

'Swci, Swci,' meddai drosodd a throsodd. 'Swci, O! fy Swci fach annwyl.'

'Mr Schloss? Mr Schloss, be' sy'n bod?'

'Fy Swci fach, Swci fach.' Prin ei fod e'n gallu siarad, cymaint oedd ei drallod. Yna pwyntiodd â'i fys at ffurf orweiddiog lonydd ar y llawr y tu allan i'r drws. I ddechrau, meddyliais mai ei *toupée* oedd yno ond yna sylweddolais mai ei gath oedd yno, yn farw gelain ac yn gorwedd mewn pwll o waed.

Yn sydyn, tawodd Mr Schloss, ac yna'n ddistaw symudodd at gorff y gath a'i godi yn ei ddwylo'n dyner.

'Mr Cadfaladr,' meddai, gan droi ataf yn ei ddagrau, 'dewch i stafell fi, os gfelwch yn dda.' Dilynais ef i'w barlwr.

'Gfelwch chi'r papur nefydd 'na, Mr Cadfaladr? Dodwch e ar y llawr 'ma.'

Taenais y papur ar y llawr yng nghanol y stafell. Rhoes Mr Schloss gorff Swci yng nghanol y papur, cymerodd dudalen arall a rhoi hwnnw dros y gath. Cododd y cyfan yn ofalus ac yn araf.

'Dewch i'r ardd,' meddai'n ddistaw.

Aethon ni i'r ardd a chladdodd Mr Schloss y gath yn angladdol, urddasol a defodol. Penliniodd wrth erchwyn y bedd bach i weddïo'n ddistaw am ryw bum munud. Wedyn, meddai:

'Dewch i'r tŷ i gael diferyn o fin.'

Roedd ei lolfa'n dywyll a llychlyd ond yn ddigon moethus er mai mewn dull hen-ffasiwn y'i haddurnwyd. Popeth yn felfed coch, yr un lliw â'r gwin a yfason ni.

'Diolch am eich cwmni, Mr Cadfaladr. Ro'n i mor ypset.'

'Be' ddigwyddodd iddi?'

'Dwn i ddim. Aeth hi allan i'r stryd—dyw hi ddim yn siŵr o'r stryd, mae'n fir, cath tŷ yw hi—a phan es i allan i chfilio amdani, dyna lle'r oedd hi, yn gorfedd ar yr heol. Fedi cael ei bwrw lawr gan ryw gar, dw i'n credu, Mr Cadfaladr.'

'Mae'n ddrwg gen i. Trist iawn.'

'Ydy, mae'n drist. Anifail diniwed. Mae colli anifail bron fel colli plentyn. Ond mae bywyd cath yn fyr. Ond bob tro mae cath yn marw . . . dw i'n cofio am deulu fi.'

'Eich teulu, Mr Schloss?'

'Fy Nhad, fy Mam, Mam-gu, fy mrawd, fy chwiorydd. Cawsant eu lladd—gfelais y cyfan, ro'n i'n cuddio.'

'Pwy laddodd nhw?'

'Y Natsïaid. Ro'n i'n lwcus. Cefais f'achub a'm smyglo allan o'r flad, i Ffrainc ac wedyn, ar ôl y rhyfel, des i i Gymru i fyw. Dysgais yr iaith, bron dim acen ar ôl.'

'Ond y Natsïaid? Rŷch chi wastad yn canmol Hitler, Mr Schloss.'

'Pan ofynnais i'r dyn achubodd fi pam ro'dd y Natsïaid wedi gwneud hwn'na i deulu fi, atebodd "achos eich bod chi'n Iddewon. Peidiwch â dfeud wrth neb eich bod chi'n Iddew. Dŷch chi ddim yn edrych fel Iddew. Ceisiwch gelu hynny". Dw i wedi ceisio'i guddio drwy f'oes drwy wadu'r ffaith yn gyfan gwbl. Plentyn o'n i ar y pryd. Ro'n i'n meddwl "fydd neb yn meddwl 'mod i'n Iddew os dweda i 'mod i'n casáu Iddewon". Dw i wedi cogio casáu Iddewon ar hyd f'oes. Ond pob tro dw i'n dfeud y pethau 'na, am syniadau da Hitler ac ati, dw i'n cofio yn fy nghalon, a dw i'n casáu fy hun yn ffyrnig, yn ffieiddio fy hun.'

Roedd dagrau yn ei lygaid eto ac roedd e'n crynu ac wedi gwelwi'n wyn. Yna troes ataf:

'Diolch am wrando, Mr Cadfaladr. Ond does dim byd wedi newid. Yfory fe fydda i'n canmol Hitler eto. Mae'n rhy hwyr i newid.'

Cododd i agor y drws i adael imi fynd.

'Dw i'n mynd i'r farchnad y prynhawn 'ma. Esgusodwch fi. Dw i ar frys i fynd,' meddai, 'dw i'n mynd i brynu cath fach arall. Alla' i ddim byw heb gath.'

Yn ôl yn fy stafell, meddyliais am Ann Griffiths a'r ffordd roedd hi wedi lladd ei phlentyn a'i daflu fel sbwriel i'r afon. Yna meddyliais am Mr Schloss yn galaru ar ôl ei gath ac yn llefain y glaw ac am yr angladd drist a roes iddi. On'd oedd y ddau wedi dioddef, wedi gorfod cloi'r boen yn eu calonnau ar hyd eu hoes?

Fe es i weld Mr Owen i gael cwpanaid o de. Pefriodd ei wyneb babanaidd pan welodd fi.

'Mae 'da fi rywbeth i'w ddangos i ti; dere mewn, boi.'

Roedd ei stafell yn lân ac yn dwt fel arfer, fel pìn mewn papur. Ond ar y llawr roedd bocs gwyn a phapur tenau, tenau ynddo ac ar y llawr o'i gwmpas, ac yn eistedd yn y bocs, roedd tedi bêr bach melyn.

'On'd yw e'n dedi tlws, boi?'

'Ydy, hardd iawn.'

'Eista i lawr, boi. Dyna 'nhedi diweddaraf. Aelod newydd o'r teulu. Dw i'n mynd i ddangos yr eirth eraill iti nawr. 'Ti'n freintiedig iawn, boi. Dim pawb sy'n cael gweld 'nheulu bach i.'

Agorodd Mr Owen gwpwrdd a dyna lle'r oedd tuag ugain o eirth bach a mawr a chanolig yn eistedd â mwclis eu llygaid yn syllu arnom.

'On'd ŷn nhw'n hyfryd, boi?'

Fesul un, tynnodd Mr Owen bob arth oddi ar y silff-oedd a'u gosod i eistedd ar y llawr, ar y cadeiriau, ar y bwrdd ac yn fy mreichiau. Wrth iddo eu rhyddhau o'r guddfan, fe gyflwynai bob un yn ei dro.

'Dyma Taliesin, a dyma Arthur—enw da ar arth, ontefe, boi—a dyma Eurolwyn, a dyma Pioden y Panda, a dyma Nobel—fe'i henillais yn wobr mewn ffair—a dyma Modfedd, achos modfedd yn unig yw ei hyd; dyma Bendigeidfran, achos mae e'n gawr; dyma Gwion, dyma Arianwen a Gweneira, y ddwy yn wyn, a Lleucu Llwyd, a dyma Ceridwen, a Saunders—o'n i'n gorfod cael un o'r enw Saunders—Mam brynodd Saunders imi; a Gwynfor, Parry Mawr, dyma Parry Bach, Pantycelyn a Waldo, a dyma fy hoff arth, un arall brynodd Mam i mi, sef Gododdin. On'd ŷn nhw'n brydferth, boi?'

'Ydyn, eithriadol.'

'Eirth-riadol! O! dw i'n licio hwn'na. Wel, efallai 'mod i'n gwirioni ond 'na fe, "Fe ddaw henaint ei hunan", fel roedd fy hen fam annwyl yn arfer 'i ddweud—ond ddoe fe brynais un arall. O'n i ddim yn gallu'i wrthsefyll. Pan welais i fe'n eistedd yn y ffenest ar ei ben ei hun bach ro'n i'n gorfod ei achub rhag crafangau budr rhyw blentyn bach rhechlyd, swnllyd, drewllyd. On'd yw e'n ddel?'

Cododd Mr Owen yr un o'r bocs a'i gofleidio.

'Edrych ar ei drwyn bach smwt. A 'ti'n gwbod be', boi?'

'Nac ydw, beth?'

'Dw i'n mynd i alw hwn yn Cadwaladr, ar d'ôl di! Be' 'ti'n feddwl o hyn'na?'

'Dw i'n falch iawn, yn freintiedig iawn. Dw i ddim yn gwybod beth i'w ddweud, wir.'

'Glywaist ti hyn'na, Cadwaladr,' meddai Mr Owen yng nghlust yr arth, 'dyw e ddim yn gwbod be' i'w ddweud.'

Edrychais ar Mr Owen yn eistedd ar y llawr ac yn anwesu'i dedi bêr newydd, a'r holl eirth eraill o'i gwmpas ac, yn y cefndir, yn edrych i lawr arno o'r waliau a'r byrddau a'r silffoedd, llygaid ei fam.

'Dyma 'nheulu nawr,' meddai Mr Owen, 'a'm cwmni, nawr bod Mam wedi mynd.'

'Mae'n bryd imi fynd nawr,' meddwn i, 'diolch am ddangos yr eirth imi.'

'Cofia ddod i'n gweld ni eto, boi,' meddai Mr Owen, heb godi oddi ar y llawr. 'Gweud ta-ta wrth y boi,' meddai Mr Owen yng nghlust yr arth newydd ac yna, mewn llais mwy gwichlyd na'i lais gwichlyd arferol ei hun, dywedodd: 'Ta-ta boi,' gan gogio bod y tedi'n siarad.

Doedd yr hen wraig a'i chymar byr ei olwg ddim yn y llyfrgell y prynhawn hwnnw, dim ond y dyn â'r farf drionglog a'r graith ar ei dalcen yn prysur lenwi'i nodlyfrau â rhifau coch a du yn ei lawysgrifen fân. Ond roedd cymeriad newydd yno. Dyn ifanc tal iawn, tenau, a breichiau a bysedd hirion a thrwyn pigfain. Edrychai'n debyg i ryw bryfyn gwenwynig. Ar ei dalcen, ar ei war ac ar ei drwyn roedd ganddo blorynnod coch, chwyddedig, rhai'n sgleinio ac yn barod i dorri. Ond yr hyn a dynnodd fy sylw ato oedd y ffaith ei fod e'n darllen llyfrau'n ymwneud â ffilmiau; llyfrau mawr llawn lluniau; yn wir, doedd e ddim yn darllen o gwbl, mewn gwirionedd, dim ond pori yn y lluniau. Roedd ganddo ddetholiad o lyfrau o'i flaen ac iddynt deitlau megis *Great Films of the Fifties*, *The Great Character Actors, Vol II,* a phentwr o *Cahiers du Cinéma.* Ar y pryd, roedd e'n byseddu cyfrol swmpus ar hanes yr Oscar.

O'r diwedd, meddyliais, dyma rywun y gallwn i ei ddeall, rhywun y gallwn i uniaethu ag ef. Ond ni allwn feddwl am unrhyw esgus i dorri gair. Teimlais genfigen hefyd. Buaswn innau wrth fy modd yn darllen llyfrau ar hen ffilmiau yn lle gorfod paratoi gwers ar waith Tegla Davies ar gyfer y dosbarth y noson honno.

Teimlais bresenoldeb rhywun wrth f'ochr a dyna lle'r oedd Ann Griffiths, yn edrych arnaf ac yn gwenu'n llawen. Roedd hi'n gwisgo lliwiau hydrefol, coch a brown, oren a melyn, ei gwallt wedi'i dynnu'n ôl yn gynffon lefn. Roedd rhyw ieuenctid a llawenydd yn cyniwair o'i chylch y diwrnod hwnnw ac roedd ei gwên yn gynnes a hunanfeddiannol.

'Mae'n rhy braf i aros mewn hen lyfrgell yn darllen hen gyfrolau sych,' meddai, 'dewch am dro i'r parc.'

Er ei bod hi'n heulog, diflanasai'r haf; roedd y gwres yn anwadal, a chan ei bod yn ganol wythnos, ychydig iawn o bobl oedd yn y parc. Dim llawer o blant, dim ond rhai'n mitsio, yn rhedeg drwy'r dail a chicio tuniau, pobl yn mynd â'u cŵn am dro, hen bobl yn cerdded fraich ym mraich drwy'r gerddi yn edrych ar yr adar ac yn eistedd ar y meinciau. Trwy ryfedd wyrth, ac yn gyfleus iawn, rhoeswn fy nghamera yn fy nghes y bore hwnnw ynghyd â'm llyfrau a'm nodiadau. Tynnais luniau o'r coed ac o Ann Griffiths yn cerdded drwy'r dail. Tynnodd hithau lun ohonof i yn eistedd ar un o'r meinciau. A phan aeth hen wreigan heibio gyda'i phwdl bach gwyn, gofynnodd Ann iddi'n garedig dynnu llun ohonom ni'n dau'n sefyll o dan goeden hyfryd ei lliwiau.

'Pan gaiff y lluniau'u datblygu, cofiwch wneud copïau i mi. Dw i eisiau llun ohonof fi gyda f'athro, i ddangos i Edward a phobl eraill,' meddai. Yna gofynnodd: 'Ydy'ch rhieni chi'n fyw, Mr Cadwaladr?'

'Ydyn.'

'Mae'n dda gen i glywed. Mae 'Nhad a Mam wedi marw. 'Nhad yn gyntaf; wedyn, ar ôl salwch hir, bu farw Mam, bum mlynedd yn ôl.'

'Mae'n ddrwg gen i.'

'Ydych chi'n hoff o'ch rhieni, Mr Cadwaladr?'

'Ydw, wrth gwrs.'

'Does dim "wrth gwrs" ynglŷn â'r peth. Do'n i ddim yn hoffi 'Nhad. Roedd e'n ddyn llym, creulon, afresymol.'

Aeth ei hwyneb yn dywyll, yn gymylog, ac roedd hi'n gwgu i gyfeiriad y llawr.

'Dyna un o'r rhesymau pam wnes i adael Cymru, gadael fy nghartref. Roedd 'Nhad yn gas wrth Mam, byth yn garedig wrthi, byth yn rhoi gwên iddi nac yn ei chanmol ond ei beirniadu hi'n biwis o hyd ac o hyd. "Mae'r bwyd 'ma'n oer . . . Mae'r stafell 'ma'n flêr, beth ŷch chi wedi bod yn 'i wneud drwy'r dydd? . . . Ble mae fy slipanau?" Do'n i ddim yn deall sut oedd dau mor wahanol i'w gilydd â 'Nhad a Mam wedi dod at ei gilydd a phenderfynu priodi. Mae'n rhaid bod 'Nhad a Mam wedi bod yn wahanol rywbryd.'

Aethon ni i eistedd ar fainc wrth ymyl y llyn a gwylio'r adar ar y dŵr.

'Ro'dd e'n gas wrth Edward hefyd, yn ei geryddu, yn ei wawdio, yn ei alw'n ddiog ac yn ferchetaidd, yn llipryn di-asgwrn-cefn. Ro'dd 'Nhad yn ddyn busnes llwyddiannus ond ro'dd e'n licio bychanu Edward drwy ddweud nad oedd e'n deilwng i ddilyn yn ôl ei draed. Ro'dd ymddygiad 'Nhad yn annioddefol. Yn wir, allwn i mo'i ddioddef. Yna fe ddihengais i Lundain ond yr unig beth a ddaeth i'm rhan oedd rhagor o helyntion. Ond fe arhosodd Edward gyda Mam, i'w hamddiffyn hi rhag 'Nhad. Efallai y basa fe wedi licio gadael hefyd, priodi neu rywbeth, ond wnaeth e ddim. Pan ddes i'n ôl, ro'dd 'na deimladau chwerw yn yr awyr am hydoedd wedyn. Ro'dd Edward yn ddig oherwydd i mi ei adael i ymgodymu â 'Nhad ar ei ben ei hun. Ond erbyn i mi fynd adre, ro'dd 'Nhad wedi dechrau colli gafael arno'i hun. Ro'dd e'n yfed yn drwm a byddai'n gwylltio am y nesa peth i ddim. Ro'dd Mam wedi cael digon. Ro'dd hi wedi mynd i'w chragen. Un noson ro'dd e'n waeth nag arfer; ro'dd e wedi bod yn yfed drwy'r dydd. Ro'dd y ffôn yn canu o hyd, dynion busnes eisiau gwbod ble'r o'dd 'Nhad. Dywedais wrthyn nhw ei fod yn dost. "Dw i wedi cael digon o hyn," meddai Edward wrtho i, "elli di ddim gwneud rhywbeth?" "Gad iddo fe yfed,' meddwn i. A chwiliais am bob potel o alcohol yn y tŷ. Rhoddais ddiod i 'Nhad, ac un arall ac yna un arall, un ar ôl y llall. Pan aeth i gysgu, gofynnais i Edward chwilio am dwndis. Gwthiais y twndis i geg yr hen ddyn ac arllwys dwy botel arall o fodca i'w gorn gwddwg. Wnaeth e ddim deffro o'r cwsg meddwol 'na. Ac ro'dd pawb yn derbyn ei farwolaeth oherwydd roedden nhw'n gwbod bod ei alcoholiaeth yn drech nag ef.'

'Fe wnaethoch chi ladd eich tad, chi a'ch brawd?'

'Do. Ac etifeddu'i dŷ a'i fusnes rhyngom ni'n dau wedyn. Ond peidiwch â thosturio wrth 'Nhad; ro'dd e'n haeddu'r cyfan. Ro'dd e'n anhapus ac yn benderfynol o wneud pawb o'i gwmpas yn anhapus hefyd. Ro'dd e'n ceisio'i ladd ei hun beth bynnag.'

'Ond dyw hynny ddim yn cyfiawnhau llofruddiaeth.'

'Ond dŷch chi ddim yn mynd i 'nghollfarnu, nac ŷch chi? Rŷch chi'n gwbod mai y fi oedd yn iawn. Ro'dd un o frodyr Ann Griffiths—yr emynyddes, nid y fi—yn llofrudd. Edward oedd enw hwnnw hefyd. Wyddech chi hynny?'

'Wyddwn i ddim.'

'Do'n i ddim yn meddwl. Ychydig o bobl sy'n gwbod. Yn fy marn i, mae hyn'na'n dangos pa mor annatod yw crefydd a chreulondeb. Y chwaer yn santes, y brawd yn anghenfil. Ochr arall ceiniog celfyddyd yw gwallgofrwydd. 'Tasa Ann Griffiths ddim wedi gallu crisialu'i hangerdd yn ei hemynau, pwy a ŵyr, efallai y basa hi wedi mynd o'i cho', efallai y basa hithau wedi lladd fel ei brawd.'

Edrychais ar yr hwyaid yn nofio'n dawel ar y llyn.

'Mae'n oeri,' meddai Ann Griffiths, 'dw i'n mynd i gael tacsi. Os ca' i ddod yn ôl i'ch stafell chi ar ôl y dosbarth nesa, mi ddweda' i fwy o'm hanes wrthoch chi.'

Yna cododd o'r fainc a cherdded ymaith.

5

Teimlad rhyfedd yw cerdded o gwmpas a minnau yng nghyfrinach llofrudd. Wedi'r cyfan, roedd Ann Griffiths wedi cyfaddef i ddwy lofruddiaeth. Roedd hi wedi adrodd hanes llofruddio'i phlentyn a'i thad yn fanwl. I rywun fel fi, sydd yn gwrthod bwyta cig, mae ffeithiau fel hyn yn rhai anodd i ddygymod â nhw.

Bûm yn pendroni a ddylwn fynd at yr heddlu. Ond cofiais fod y pethau hyn wedi digwydd flynyddoedd ynghynt. Prin fod modd profi'r naill stori na'r llall. Roedd Ann Griffiths yn llofrudd llwyddiannus. Roedd hi wedi cyflawni dwy drosedd, o leiaf, heb gael ei dal.

Ac roedd Ann Griffiths bellach yn ffrind. Am ryw reswm, roedd hi wedi ymddiried ynof yn hytrach nag yn yr un enaid byw arall. Doedd hi ddim yn anghenfil ar ddelw un o swyddogesau'r SS nac yn Myra Hindley. Roedd hi'n swynol, yn dyner, yn garedig, yn hynaws, yn fonheddig. Erbyn hyn, roeddwn i'n gaethwas iddi, yn gi bach ffyddlon iddi, yn glustog i'w thraed.

Fe es i weld Ffloyd un diwrnod. Doeddwn i ddim wedi'i weld ers dyddiau.

'Sut wyt ti'n cadw?' gofynnais.

'Iawn,' meddai, heb fawr o argyhoeddiad.

'Be' sy'n bod?'

'Dw i mewn cariad â merch,' meddai.

'Gwych,' meddwn i.

'Na, dyw hi ddim yn wych,' meddai. 'Mae hi'n ferch, ac yn rhy ifanc. Merch ysgol yw hi, ond mae hi'n gweithio yn y siop ar y gornel bob dydd Sadwrn.'

'Mae hi yn ei harddegau, felly. Mae modd i ti aros am dipyn,' meddwn i'n gellweirus gan geisio codi ei galon.

'Ond dyw hi ddim yn fy licio fi o gwbl. Bob tro dw i'n mynd i'r siop, mae hi'n mynd i guddio.'

'Wyt ti'n siŵr?' Y fath gwestiwn twp.

'Mae hi'n gweiddi "Y llygaid od, y llygaid od" bob tro mae'n 'y ngweld i.'

Doedd hi ddim yn ymddwyn fel un a oedd yn llawn llathen yn fy ngolwg i. Ond 'na fe, mae serch yn ddall, medden nhw. A gwelais nad oedd modd cynghori na chysuro Ffloyd, felly es 'nôl i'm stafell. Roeddwn wedi dechrau darllen llyfr ar Ingmar Bergman, y cyfarwyddwr ffilmiau o Sweden. Cawsai Bergman fagwraeth grefyddol ond pan oedd e'n ddyn ifanc fe gollodd ei ffydd. Wedyn daeth i'r casgliad: os nad oedd yna Dduw, yr unig beth a roddai ystyr i fywyd oedd cariad. Ond beth, meddyliais i, yw ystyr bywyd i'r unigolyn sydd wedi methu dod o hyd i gariad? Nid oedd Bergman yn ateb y cwestiwn hwnnw; nid oedd yn ei godi hyd yn oed oherwydd nid oedd yn gwybod dim am y teimlad o fethu dod o hyd i gariad.

Diolch i'r drefn, doeddwn i erioed wedi rhoi ffilmiau gorddifrifol Bergman ar restr fy hoff ffilmiau i.

Un o'm hoff ffilmiau yw *The Apartment* gan Billy Wilder. Mae'n ffilm ddoniol, drist. Mae Jack Lemon yn gweithio mewn swyddfa fawr. Er mwyn cael ei ddyrchafu yn ei waith, mae'n gadael i'w gydweithwyr ddefnyddio'i fflat yn fan i gwrdd â merched. Ond mae'n cwympo mewn cariad â Shirley MacLaine—neu mae hi'n cwympo mewn cariad ag ef, dw i ddim yn cofio—ta beth, am ryw reswm, mae hi'n ceisio cyflawni hunanladdiad drwy gymryd tabledi cwsg. Mae Jack Lemon yn ei ffeindio hi ac yn galw ar y doctor sy'n digwydd byw yn y fflat drws nesaf. Yna ceir yr olygfa ddoniol honno lle mae Jack Lemon a'r doctor yn cynnal Shirley MacLaine ac yn ei gorfodi hi i gerdded o gwmpas y stafell ac yn rhoi coffi du cryf iddi er mwyn ei chadw hi ar ddihun nes i'r ambiwlans gyrraedd. Wedyn, ar ôl iddi fynd i'r ysbyty i gael y tabledi wedi'u pwmpio allan o'i stumog, mae Shirley MacLaine yn dweud: 'Trueni nad oes neb wedi dyfeisio pwmp i bwmpio person allan o'ch system.'

Fel'na roedd Ffloyd yn teimlo. Buasai wedi licio cael pwmpio'r ferch honno allan o'i system. A buaswn innau wedi bod yn falch iawn pe gallaswn fod wedi hidlo pob rhithyn ac affliw a briwsionyn ac ychydigyn o Ann Griffiths allan o'm corff a'm meddwl a'm hysbryd a'm bywyd yn gyfan gwbl.

Un prynhawn yr wythnos honno, fe es i'r sinema yng Nghanolfan y Celfyddydau ar gyrion y ddinas. Roedd cyfres o ffilmiau arswyd clasurol yn cael eu dangos yn y prynhawniau, pob ffilm yn ymwneud â rhyw anghenfil neu'i gilydd. Y cyntaf yn y gyfres oedd Boris Karloff yn

Frankenstein, yna Bela Lugosi yn *Dracula,* Fredric March yn *Dr Jekyll and Mr Hyde,* a'r prynhawn hwnnw roedden nhw'n dangos *King Kong,* fersiwn 1933, wrth gwrs. Er fy mod wedi gweld y ffilm wyth neu naw o weithiau eisoes a phob golygfa wedi ei serio ar fy nghof, penderfynais yr awn i'w gweld eto. Doedd dim byd arall i'w wneud ac roeddwn i wedi diflasu ar y llyfrgell.

Prynaswn fy mrechdanau a'm ffrwythau a'm creision a'm siocledi yn y ddinas cyn i mi fynd i'r Ganolfan. Ond nid yw hi mor hawdd ymlacio yn sinema Canolfan y Celfyddydau ag yn sinemâu masnachol helaeth canol y ddinas a'r holl seddau sydd ynddyn nhw, a'r seddau dwfn, moethus. Yn sinema Canolfan y Celfyddydau, mae'r seddau'n gul ac yn nes at ei gilydd ac mae'r neuadd yn llawer llai.

Cyn i mi fynd i'r sinema, fe es i'r oriel lle'r oedd arddangosfa o waith artist lleol. Roedd ei waith yn haniaethol ac yn dra dieithr. Bwced plastig coch ar y llawr ac arwydd wrth ei ochr yn datgan: 'Y mae'r bwced hwn yn llawn o arian'. Ond doedd dim byd yn y bwced o gwbl, dim ond papur oddi ar ryw far o siocled—ond roeddwn i'n siŵr nad oedd hwnna'n rhan o'r gwaith. Tebot ac arwydd arno'n darllen: 'Y mae'r tebot hwn yn llawn o goffi poeth'. Ond roedd y tebot yn wag ac yn oer. Ar fwrdd bach sgwâr, safai pedwar gwydryn ac arwydd yn cyhoeddi: 'Y mae blodau'r erwain a blodau'r banadl a blodau ffa'r gors yn tyfu yn y sbectolau hyn'. Wrth gwrs, doedd dim un blodyn ar eu cyfyl, ac nid gwydrau darllen mohonyn nhw eithr gwydrau i roi diodydd ynddyn nhw. Ond y darn mwyaf diddorol o bell ffordd oedd yr arwydd anferth ar y wal ac arno mewn llythrennau cawraidd plaen y geiriau: 'Enaid Clwyfus Ydwyf Yn Udo Mewn Môr O Gyffredinedd'. Roedd yr artist yn ei alw ei hun yn 'Bili Wotcyns'.

Eisteddais ar gadair am ryw ddeng munud gan geisio dadansoddi'r pethau hyn. Yna roedd hi'n bryd mynd i weld y ffilm. Dim ond rhyw chwech ohonon ni oedd yn y gynulleidfa. Yn ein plith, roedd y dyn ifanc tenau â'r plorynnod a welswn yn y llyfrgell.

Bachais gornel i mi fy hun ymhell oddi wrth bawb arall. Pan ddiffoddwyd y golau fe ddechreuais fwyta'r danteithion. Chymerais i fawr o sylw o stori'r ffilm gan ei bod mor gyfarwydd ond fe'm trawyd am y tro cyntaf gan yr anghysonderau dadleuol ynghylch maint King Kong. Mae llawer o bobl wedi tynnu sylw at y camgymeriadau hyn; mewn rhai golygfeydd y mae King Kong yn anferth, yn gannoedd o droedfeddi o daldra; mewn golygfeydd eraill nid yw ond tua dwywaith cymaint â gorila cyffredin. Pan fo'n ymladd â Godzila yn y ddryswig mae'n anferth eto. Yr olygfa fwyaf dryslyd yw honno lle mae'n dringo'r adeilad mawr yn y ddinas a Faye Wray yn ei law a'r awyrennau'n ceisio'i saethu. Pan yw'n cyrraedd y 'grib anhygoel' sy'n 'siglo gan daldra fel llong ar ddŵr', mae'n amlwg fod King Kong yn syfrdanol o enfawr—mae to'r adeilad yn fach mewn cymhariaeth, mae'r awyrennau'n debycach i gacwn yn hedfan o'i gwmpas. Yr unig broblem yw bod Faye Wray yn edrych yn rhy fawr i'w rhoi yn un o'r awyrennau gan ei bod bron cymaint â nhw.

Nawr, cyn i mi sylwi ar y pethau hyn, wnaethon nhw ddim amharu ar fy mwynhad o'r ffilm o gwbl. Ar ôl sylwi arnynt, roeddwn i'n ymwybodol ohonynt wedyn—am dipyn. Ar ôl hynny, fe deimlais nid yn unig yn gartrefol ond yn fodlon â'r anghysonderau, gan eu bod yn cyfrannu tuag at ansawdd y rhith, yn ychwanegu at ryfeddod y ffantasi. Yn y fersiwn newydd, gyda Jessica Lange yn lle Faye Wray, a model deugain troedfedd o'r gorila ym mhob golygfa, ceir cysondeb ond llai o rith. Buaswn i wedi licio trafod y mater â'r ffilm byff plorynnog ond pan gyneuwyd y golau eto ar ddiwedd y sioe gwelais ei fod wedi mynd.

Penderfynais yr awn i gael cipolwg arall ar waith Bili Wotcyns cyn gadael y Ganolfan. Roedd rhai o'r delweddau wedi gwneud argraff arnaf, yn enwedig yr arwydd mawr ar y wal.

Pwy oedd yn eistedd ar y gadair o flaen yr arwydd yn yr oriel ond Llysnafedd. Digon o saim ar ei ben i ffrio wy ynddo.

'Sut ŷch chi, Cyril?'

'O! prynhawn—dda—Mr Cadwaladr.'

'Beth ŷch chi'n 'i feddwl o'r arddangosfa 'ma?'

'Dw i'n licio—hwn—"Enaid Clwyfus—Ydwyf—Yn—Udo—Mewn—Môr—O—Gyffredinedd".' Darllenodd yn boenus o araf.

'Mae'n llawn—gallu—negyddol,' meddai. 'Cyflymdra araf—tangnefedd rhyfelgar—tawelwch swnllyd—gwynder du.'

'Beth am y darnau eraill?'

'Ebychiadau tawedog,' meddai Llysnafedd. 'Mewn-ffrwydradau yn allanoli.'

Teimlais yn eithaf siŵr yn fy nghalon y byddai Cyril List-Norbert a Bili Wotcyns wedi bod wrth eu boddau yng nghwmni'i gilydd.

95

'Newydd fod i weld *King Kong*,' meddwn i.

'Ffilm ardderchog, ffilm ardderchog,' meddai Llysnafedd yn frwd, '*Moby Dick* ein—hoes ni. Dameg. Dyn yn ceisio —ffrwyno gwylltineb—yn ceisio rheoli natur. Natur yn gwrthod cael—ei llywodraethu gan—ddyn—ac yn gwylltio—yn llythrennol, eto. Ond y diwedd sy'n— anghywir. King Kong yn cael ei saethu i lawr. Dyn yn ysgrifennu'r diwedd y buasai dyn yn—dymuno ei—weld. Buasai natur wedi ysgrifennu diwedd arall.'

'Ai chi sy'n ceisio ailysgrifennu diwedd Edgar Wallace?'

'Wrth gwrs. Beirniad llenyddol ydw i. Mae pob beirniad yn gallu—awgrymu—diwedd gwell.'

'Dw i'n mynd nawr,' meddwn i. 'Gweld chi yn y dosbarth nos Fawrth?'

'Ie. Gobeithio y bydd mwy na—pedwar yno y tro nesaf,' meddai Llysnafedd.

'Ro'dd 'na bump 'na yr wythnos dd'wetha.'

'Pump? O! ie, pump, wrth gwrs.'

'Tan hynny, felly. Hwyl!'

'Hwyl, Mr Cadwaladr.'

Pan gyrhaeddais fy llety, roeddwn i'n synnu gweld bod yna ryw gyffro ar gerdded. Roedd y drws yn agored, ac roedd Mr Schloss yn ceisio tawelu'r hen wraig benwyn; roedd hi'n gweiddi arno, ac roedd Mr Owen yn sefyll â golwg syn arno. Roedd pobl a phlant yn y stryd yn siarad ac yn ceisio edrych i mewn i'r tŷ.

'Be' sy wedi digwydd?' gofynnais i Mr Owen.

'Mae dy ffrind, Ffloyd, wedi mynd i'r ysbyty, boi.'

'Gafodd e ddamwain?'

'Naddo. Ceisio gwneud amdano'i hun wnaeth e,' atebodd Mr Owen, heb affliw o deimlad.

'Be' wnaeth e?'

'Daeth yr hen wraig o hyd iddo yn y stafell molchi. Ro'dd e'n gorwedd yno yn y bath, yn y dŵr, yn noeth-lymun, wedi torri'i arddyrnau â'i rasal. Daeth Mrs Evans i gnocio ar fy nrws i. Ro'dd y dŵr yn goch i gyd â'i waed, fel gwin. Fe es i lawr i alw ar Mr Schloss. Ffoniodd Mr Schloss am yr ambiwlans.'

'Oedd e wedi marw?'

'Nac oedd,' meddai Mr Owen, a rhyw ddirmyg yn ei lais, fel pe bai'n siomedig, 'doedd e ddim yn treio go-iawn, neu basa fe wedi cloi'r drws, on' fasa fe?'

'Well i mi fynd i'r ysbyty i'w weld e.'

'Chewch chi mo'i weld heno. Ta beth, fydd e ddim yn ymwybodol. Ac wedyn, fydd e ddim yn yr ysbyty'n hir,' meddai Mr Owen yn ffeithiol, oer.

Bore trannoeth, fe es i'r ysbyty a dod o hyd i Ffloyd mewn gwely—bandeisi am ei arddyrnau, tiwbiau a photeli yn ei amgylchynu, yn hongian o'i gwmpas fel planhigion trofannol. Edrychai'n welw iawn.

'Sut maen nhw'n edrych ar d'ôl di?'

'Iawn.'

'Sut wyt ti'n teimlo?'

'Ddim yn ddrwg.'

Wrth gwrs, roedd e'n teimlo'n wirion ac yn isel ac yn ddig ac yn euog. Ond beth oedd rhywun i'w ofyn dan y fath amgylchiadau?

'Mae Mrs Evans a Mr Owen a Mr Schloss yn anfon cofion atat ac yn dymuno gwellhad buan i ti.'

'Diolch,' meddai Ffloyd. Swniai'i lais yn gryg.

'A dw i wedi dod â rhai o'r orennau melys 'ma i ti. *Clemantines* maen nhw'n eu galw nhw. Be' sy'n bod? Pam wyt ti'n llefain?'

'Clemantine yw enw'r ferch yn y siop ar y gornel,' meddai, a'i galon bron â thorri.

Teimlwn yn lletchwith a diymadferth. Roedd popeth a ddywedwn yn ofer ac ni allwn gynnig unrhyw gysur na gwneud dim i godi'i galon. Eisteddais wrth erchwyn ei wely am awr a hanner hirfaith. Roedd y tawelwch yn llethol.

Y noson honno, daeth Llysnafedd, Eileen Morton ac Ann Griffiths i'r dosbarth, a neb arall. Roedd yr aelodaeth yn crebachu a doedd pethau ddim yn argoeli'n dda am yr ail dymor pryd y byddai'n ofynnol i mi gael deg aelod i danysgrifio i'r cwrs eto. Mae ffugio a thalu tanysgrifiad un aelod yn gymharol hawdd; mae ffugio a thalu am saith y tu hwnt i bob rheswm.

Rhwng popeth, doeddwn i ddim wedi paratoi ar gyfer y wers y noson honno. Am hanner awr, a hynny ar ôl i mi ddechrau'n hwyr—arhosais tan ddeng munud wedi saith cyn dechrau gan obeithio y deuai rhai'n hwyr—fe drafodais y traethodau ar gerddi Parry-Williams. Roedd Llysnafedd wedi ysgrifennu darn hir yn trafod 'Dic Aberdaron'; roedd Mrs Morton wedi ysgrifennu traethawd byr ar 'Hon' gan gymharu iaith y gerdd â'i thafodiaith ei hun. Doedd Ann Griffiths ddim wedi ysgrifennu dim. Wedyn, fe gawson ni doriad cynnar ac estynedig gan ddychwelyd i'r stafell ddosbarth am ugain munud wedi wyth. Penderfynais y trafodwn 'Lavernock' —y gerdd honno oherwydd doedd dim llyfr gen i a dyna'r unig gerdd o eiddo'r bardd yr oeddwn i wedi'i dysgu ar fy nghof; a Saunders Lewis oherwydd bod gan bawb farn ar hwnnw ac y mae crybwyll ei enw yn ddigon i gynhyrfu'r dyfroedd bob amser.

Adroddais y gerdd a dywedodd Mrs Morton:

'Doedd dim tafodiaith 'da Saunders Lewis. Ro'dd e'n dod o Lerpwl.'

Dywedodd Llysnafedd:

'Asgell dde. Ceidwadol. Ffasgaidd.'

'Beth yw'ch barn chi, Miss Griffiths?' Ni thorrodd air o'i phen a throes y lleill i syllu'n anghymeradwyol arni. Dillad lliw hufen a wisgai y noson honno.

Gorffennodd y wers ymhen hir a hwyr. Wrth inni gerdded i ddal y bws i'm llety, dywedodd Miss Griffiths:

'O leiaf dŷn ni ddim yn gorfod rhedeg heno, dyw hi ddim yn bwrw.'

Ar y bws, soniais am farwolaeth cath Mr Schloss, am yr arddangosfa yn oriel Canolfan y Celfyddydau yn y ddinas, am anghysonderau maintioli King Kong ac am ymgais Ffloyd i wneud amdano'i hun.

Pan gyrhaeddon ni fy stafell, fe wnes i gwpanaid o de a dywedais:

'Rŷch chi'n dawel iawn heno.'

'Dw i wedi bod yn meddwl ers y tro diwetha i mi siarad â chi a ddylwn i fynd ymlaen?'

'Rhaid i chi benderfynu.'

'Dyw hyn'na ddim yn dangos y ffordd i mi. Sut ŷch chi'n teimlo ynglŷn â'r hyn dw i wedi'i ddweud yn barod?'

'Ar y dechrau, do'n i ddim yn gwbod beth i'w feddwl,

na beth i'w wneud. Ond dw i wedi meddwl a meddwl am
y peth ac erbyn hyn dw i'n credu 'mod i'n eich deall chi.'

'O! dw i mor falch, Mr Cadwaladr. Ac mae'r rhan
nesa'n bwysig iawn. Roedd hi'n anodd cael gwared â'r
plentyn. Chafodd y baban ddim cyfle ac roedd ei ladd yn
gamgymeriad gan ferch anaeddfed. Nid 'mod i'n ceisio
f'esgusodi fy hun, dydw i ddim. Dw i'n fy nghosbi fy
hunan yn 'y nghalon bob dydd o 'mywyd am yr hyn a
wnes i. Ar y llaw arall, y mae'r byd yn llawn o boen a
gofid, a 'tasa'r plentyn wedi cael tyfu basa fe wedi cael ei
dynghedu i oes o fethiant ac unigrwydd fel pawb arall.
Roedd lladd 'Nhad yn hollol wahanol. Dw i ddim yn
difaru nac yn teimlo iot o euogrwydd o gwbl. Roedd ei
ladd e'n gymwynas â Mam ac Edward—ac ag ef ei hun, o
ran hynny. Baswn i'n fodlon mynd i'r carchar eto yfory
am ladd 'Nhad, a chwynwn i ddim. Ond roedd Mam yn
wahanol. Dw i'n teimlo fel llofrudd. Do'n i ddim eisiau'i
lladd hi. Hi oedd yn ysu am farw i fod yn rhydd o'i phoen
a'i blinder. Roedd hi wedi dechrau bod yn dost cyn
marwolaeth 'Nhad. Yn fuan wedyn, fe sylweddolwyd
bod rhyw gancr araf, araf yn treiddio trwy'i chorff.
Gwelais hi'n dirywio bob yn dipyn, ac yn y diwedd, y fi
oedd yn gorfod bod yn fam iddi hi—yn gorfod ei gwisgo,
ei bwydo, mynd â hi i'r tŷ bach, ei hymolchi hi. Roedd
hi'n hollol ddiymadferth. Roedd Edward yn torri'i galon
wrth ei gweld fel'na. Ond o'm rhan i, baswn i wedi'i
nyrsio hyd y diwedd. Roedd cael edrych ar ei hôl hi fel'na
yn fraint, er nad o'n i ddim eisiau'i gweld hi'n dioddef
chwaith. Ond ro'n i'n teimlo 'mod i'n dweud diolch
wrthi am edrych ar f'ôl i pan o'n i'n faban ac yn blentyn
ac am fy nerbyn heb ofyn cwestiynau pan ddes i'n ôl o

Lundain. Ond un noson dwedodd hi, "Ann, dw i wedi cael digon, dw i'n flinedig, alla' i ddim aros am angau. Os na wnei di rywbeth, nawr, byddi di'n fy nedfrydu i ragor o boen . . . dim ond ychydig o ddyddiau efallai, dim ond ychydig o oriau, pwy a ŵyr? Ond os gorfodi di fi i fynd drwy hyn am awr arall, wna' i byth faddau iti". Roedd ergyd tragwyddol yn y gair "byth" yna, ac allwn i ddim byw heb ei maddeuant. Felly fe rois ei thabledi cwsg iddi. Ac ar ôl iddi fynd i gysgu, rhoddais glustog dros ei hwyneb . . . dim ond am bum munud. Roedd hynny'n ddigon.'

Eisteddon ni'n dau yn y tawelwch am amser hir wedyn, neu am ychydig o funudau, anodd gwybod. Yna, gofynnodd Ann Griffiths: 'Ga' i aros 'da chi heno, Mr Cadwaladr?'

YR AIL RAN

1

'Tynnwch amdanoch, Mr Cadwaladr,' meddai Ann Griffiths. Ac yna, wrth imi ufuddhau i'w gorchymyn, dywedodd: 'Mae'ch fest chi'n dyllau i gyd. O! mae'ch trôns chi'n frwnt.' 'A phryd cawsoch chi fath dd'wetha?' gofynnodd fel metron awdurdodol.

'Wythnos dd'wetha,' cyfaddefais yn ddiniwed.

'Wel, os ŷn ni'n mynd i gysgu gyda'n gilydd,' meddai, 'cerwch yn syth i gael bath, ar unwaith. Mae'ch ceseiliau chi'n drewi. Dw i'n gallu'ch gwynto chi o fan hyn.'

'Ond mae'n ddau o'r gloch y bore. Bydd y dŵr yn oer. Dw i'n gorfod rhoi hanner can ceiniog yn y twll ac aros am hanner awr cyn i'r dŵr dwymo digon i mi gael bath.'

'Wel, cymerwch fath oer, felly. Dw i ddim eisiau aros yn hir amdanoch chi—ac yn sicr dw i ddim eisiau cysgu gyda rhywun sy'n gwynto fel Dic Aberdaron. A chofiwch olchi'ch pidlen.'

Doeddwn i erioed wedi cael bath oer o'r blaen. Doedd y syniad o fath oer ddim yn gyson â'r ffordd draddodiadol i baratoi ar gyfer noson o garu—i'r gwrthwyneb. Ond roeddwn i'n awyddus i'w phlesio. Roedd ei chynnig mor annisgwyl (ac eto bûm yn lled ddisgwyl ac yn hanner coleddu gobaith am rywbeth fel hyn) ac mor gyffrous, a'i ffordd feistrolgar yn ddeniadol iawn. Pan es i'r stafell ymolchi, roeddwn i'n teimlo fel gwron yn paratoi ar gyfer ei lodes hardd. Ond crebachodd fy ngwrhydri yn oerni'r dŵr. Dim ond ar ôl imi ddioddef yr ing o orwedd yn y dyfroedd rhewllyd y sylwais fod y dŵr yn binc oherwydd nad oedd gwaed Ffloyd wedi'i olchi ymaith yn llwyr.

Ymdrochiad cyflym a gefais; ni allwn aros yn y dŵr yn hwy. Codais a'm sychu fy hunan—roeddwn i'n rhynnu. Clymais y lliain am fy nghanol gan deimlo fel Sean Connery yn *From Russia With Love*, ond pan gyrhaeddais ddrws fy stafell roeddwn i'n rhy betrus i gamu'n hyderus yn fy mlaen. Wyddwn i ddim beth i'w ddisgwyl. A fyddai Miss Griffiths yn disgwyl amdanaf yn eistedd yn y gadair neu ar y gwely? A fyddai yn ei dillad isaf neu'n borcyn? Ynteu a fyddai hi'n dal i wisgo'i dillad lliw hufen i gyd? Byddwn i'n edrych yn wirion wedyn, yn ymddangos â dim ond lliain gwlyb amdanaf. A beth fyddai'i hymateb o'm gweld yn y cyflwr hwnnw? A fyddai hi'n dod ataf ac yn fy nghofleidio i'n angerddol gan fy nghusanu'n danbaid a gwthio'i bysedd drwy fy ngwallt? A fyddai hi'n gafael yn y lliain a'i dynnu ymaith yn sydyn? Ynteu a fyddai hi'n chwerthin am fy mhen? A ddylwn i wisgo amdanaf eto cyn mynd i mewn? Efallai y byddai hi'n synnu fy ngweld yn cerdded i mewn yn hanner noeth— yn cymryd gormod o bethau'n ganiataol, fel petai. Eto i gyd, hyhi oedd wedi mynnu fy mod i'n mynd i ymolchi. Fyddai hi ddim yn debygol o'm hannog i gael bath ac ailwisgo'r dillad brwnt amdanaf eto. Penderfynais ei bod hi'n disgwyl amdanaf, a'i bod yn eistedd neu'n gorwedd, a'i bod hi'n noethlymun, neu yn ei dillad isaf, neu'n gwisgo'i dillad o hyd, ac y byddai hi'n disgwyl i mi fynd i mewn yn lân ac yn hanner noeth; yn wir, buasai'n synnu fy ngweld i fel arall. Ond roeddwn i'n dal i deimlo'n ansicr iawn. Beth os oeddwn wedi camddeall y sefyllfa'n llwyr? Ond yna, sylwais fod fy nhraed yn troi'n las a bod pwll o ddŵr ar y carped lle bûm yn sefyllian ac yn tindroi ers chwarter awr.

Yna, agorodd y drws. Roedd Ann Griffiths yn sefyll yno heb ddiosg yr un cerpyn.

'Be' ddigwyddodd i chi? Ble buoch chi cyhyd?' gofynnodd. Yna chwarddodd: 'Well i chi ddod i mewn yn lle crynu fan'na fel cath denau y mae rhywun wedi bod yn ceisio'i boddi.'

Pan sefais o'i blaen hi dan y golau trydan llachar, teimlais mor ymwybodol o'm noethni ag Adda. Croesais fy mreichiau mewn ymgais ofer i guddio pethau.

'Co'ch asennau,' meddai, 'maen nhw'n stico ma's fel esgyrn hen farch Sancho Panza ac mae'ch coesau'n gwneud i mi feddwl am y plant 'na sy'n newynu yn y trydydd byd.' Chwarddodd eto nes bod yr atsain yn clindarddach yn amhersain drwy'r stafell a'r nos. 'Beth yw'r blew 'na o gwmpas eich tethi bach pinc? Dw i erioed wedi gweld corff mor eiddil ar ddyn.'

Eisteddodd ar y gadair a gwthio ymaith ei hesgidiau sodlau main. Dechreuodd dynnu amdani'n araf hamddenol heb fawr o swildod.

'Wel, peidiwch â sefyll fel'na fel hen ddafad newydd ei chneifio,' meddai tra oedd hi'n dal i ddiosg ei dillad, 'cerwch i'r gwely.'

Wrth imi droi at y gwely a phlygu i dynnu'r gwrthban yn ôl, disgynnodd y lliain i'r llawr. Chwarddodd Ann Griffiths yn watwarus am ben hynny. Teimlwn fy mod i'n gwrido dros fy nghorff i gyd. Cwpanais fy nwylo dros fy nghywilydd.

'Wel, man a man i chi ddangos y cyfan i mi nawr gan

107

'mod i wedi gweld popeth arall. Gadewch i mi weld. Rhowch eich dwylo y tu ôl i'ch cefn.'

Ildiais i'w gorchymyn ac, fel roeddwn i'n disgwyl, chwarddodd eto yn aflywodraethus.

'O! mae fel cocosen fach. Ha-ha, coc-osen! Coc oen. O! sôn am feicro-penis, ha-ha-ha!'

Erbyn hyn, roedd hi'n gwisgo ei dillad isaf yn unig a'r rheiny'n sidanaidd ac yn hufennaidd eu lliw eto. Roedd ganddi fronnau mawr, a phen ôl llydan fel un o fenywod Goya. Ond roedd arnaf ei hofn; roedd y profiad bellach yn un arswydus, wyddwn i ddim beth i'w ddisgwyl nesaf. Roeddwn i'n ofni symud ac yn marw'n araf o gywilydd.

'Am y degfed tro,' meddai, 'cerwch i mewn i'r gwely. Ac os ydyn ni'n mynd i wneud y nonsens nawr, dw i'n mynd i ddiffodd y golau—neu fe fyddwn ni ar ddihun drwy'r nos . . . yn chwerthin.'

Diffoddod y golau ac ymlaciais ychydig. Yna teimlais y corff sylweddol yn ymuno â mi dan y garthen. Gallwn deimlo deunydd sidanaidd ei dillad isaf yn llithro yn erbyn fy nghroen oer. Roedd hi'n pwyso arnaf, yna'n gorwedd drosof. Prin y gallwn anadlu.

'Rhowch eich breichiau amdanaf,' meddai, yn orchmynnol. ''Na welliant. O! mae'r gwely 'ma'n gul, on'd yw e? Sdim lle i ddau, nac oes? Ac mae'r blancedi 'ma'n drewi ac yn cosi.'

Gallwn glywed ei hanadl ar fy ngwddwg, a llanwyd fy ffroenau gan ei phersawr *Chanel*. Yna teimlais ei llaw ar grwydr ar hyd fy nghorff, neu ran isaf fy nghorff, yn hytrach. Buaswn wedi croesi fy nghoesau oni bai am yr ofn a'r pwysau a'm rhwystrai rhag symud.

'Ble mae hi?' gofynnodd. 'Ydych chi erioed wedi

meddwl 'i bod hi'n od bod cala yn "hi", yn fenywaidd?' meddai, gan afael yn f'un i. 'Dyn feddyliodd am hwn'na, mae'n siŵr,' meddai, gan dynnu a thylino yn ddideimlad.

Erbyn hyn, roeddwn i'n oer er fy mod yn chwysu ar yr un pryd. Roedd rhan o'm cefn a'm hysgwyddau yn oer oherwydd i'r garthen lithro tua'r llawr, ond lle'r oedd corff Ann Griffiths yn cyffwrdd â'm cnawd, roeddwn i'n berwi.

'O'r diwedd,' meddai Ann Griffiths, 'mae'n dechrau caledu. Oes condom 'da chi?'

'Condom?'

'Ie. 'Chi'n gwybod, condom, "maneg" fel mae'r pamffledi'n 'i ddweud; "dilwyn" fel mae rhai eraill, llai awdurdodol yn 'i ddweud; "Llythyr Ffrengig", "rwber", "teclyn siôn", "hosan serch", "hosan garu", "siôn dyrnu"—hynny yw, condom! Oes condom 'da chi?'

'Nac oes,' meddwn, gan fygu ochenaid o ryddhad; dyma fy nihangfa—dim condom, dim caru. Ond nid felly y bu hi.

'Wel, rhag eich cywilydd, Mr Cadwaladr. Dyma ni ar ddiwedd yr ugeinfed ganrif, a chithau'n mynd o gwmpas heb gondom yn yr oes beryglus hon. Wel, fel mae'n digwydd, mae gen i becyn yn fy mag. Bydd rhaid imi godi a dodi'r golau ymlaen.'

A'r peth nesaf, roedd hi wedi neidio o'r gwely—a hwyliodd y dillad i'w chanlyn ar yr un pryd—a chynnau'r golau gan fy ngadael i'n gorwedd yno ar y gwely'n borcyn.

Aeth hi at ei bag llaw lledr a thynnu ohono becyn bach. O'r pecyn, tynnodd rywbeth a ymdebygai i amlen o

Wrigley's Spearmint Gum. Rhwygodd hwn gan dynnu'r condom ohono.

'O! diolch i'r drefn, mae'n sefyll lan fel pensil,' meddai, gan gymryd cip arnaf cyn diffodd y golau eto.

Daeth hi'n ôl i'r gwely gan daenu'r blancedi drosom rywsut rywsut. Yna, fe'i teimlais yn ceisio gosod y condom llithrig yn y lle priodol. Ond roedd pethau wedi meddalu eto, felly doedd hynny ddim yn hawdd.

'Dŷch chi jyst ddim yn treio, nac ŷch chi?' meddai Miss Griffiths, a dyma hi'n crafangu am y cnawd a cheisio'i dylino'n egnïol. Ac wrth i mi geisio dychmygu rhywun arall yn gwneud hyn, â thipyn mwy o gydymdeimlad, fe lwyddwyd i wisgo'r teclyn. Ond prin fod un fodfedd o gnawd erioed wedi dioddef cymaint o boen mewn un noson.

Gorweddodd Ann Griffiths drosof gan fy ngharcharu rhwng ei phenliniau ond wrth iddi wneud hynny clywyd clec a thorrodd un o goesau'r gwely. Suddodd y fatras i gyfeiriad y wal ac fe lithron ni'n dau i mewn i'r pant.

'Beth yffach sydd wedi digwydd, Mr Cadwaladr?'

'Doedd y gwely bach 'ma ddim yn gallu cynnal pwysau dau ohonon ni.'

'Ydych chi'n awgrymu 'mod i'n dew, Mr Cadwaladr?'

'Nac ydw, dim o gwbl.'

'Wel, dodwch y golau ymlaen ar unwaith a thrwsiwch chi'r goes 'na, nawr.'

Dringais drosti hi allan o'r gwely caeth a chynnau'r golau gan ddangos fy noethni eto, a'r hosan garu'n hongian yn llipa fel bag plastig mawr wedi'i lapio am un fanana fach. Yna, ar y gair, ymryddhaodd a disgyn i'r llawr.

'Damo,' meddai Ann Griffiths, 'bydd rhaid inni gael un arall nawr.'

Tra oedd hi'n twrio yn ei bag am y pecyn, cesglais bentwr o lyfrau clawr papur (y Melvyn Braggs a'r P. D. James a'r Jeffrey Archers oedd y rhai gorau gan eu bod mor drwchus) a'u stwffio o dan y gornel lle'r oedd y gwely wedi cwympo.

'Pan ŷch chi'n plygu fel'na,' meddai Ann Griffiths, 'dw i'n gallu gweld lan eich tin chi. Mae pen ôl fel babŵn 'da chi. Clwy'r marchogion, ontefe?'

Dringais yn ôl i'r gwely yn teimlo'n anniddig fy myd. Diffoddodd Miss Griffiths y golau eto.

Dyna lle buon ni am weddill y noson yn rhwbio'n gilydd, yn ymbalfalu, yn dyhyfod, yn chwysu, yn glafoeri; ein pennau'n taro yn erbyn ei gilydd, ein trwynau'n dod i wrthdrawiad; yn crafu'n gilydd, yn rhechu ac yn llefain dros ein gilydd. Yn y diwedd, caewyd pen y mwdwl pan waeddodd Ann Griffiths:

'O! Mr Cadwaladr! Co'r mès ŷch chi wedi'i wneud dros fy mhantis sidan i! Rhag eich cywilydd, wir!'

Daethai'r condom i ffwrdd. Roedd yn llawer rhy fawr i mi.

Wedyn, aeth Ann Griffiths i gysgu. Do, fe aeth i gysgu ar fy mraich i. Fe'm piniwyd i'r gwely fel'na, a finnau'n ceisio peidio â symud rhag ofn iddi ddeffro a dechrau o'r newydd. Chysgais i'r un winc ond chwyrnodd Ann Griffiths yn fy nghlust tan y bore bach. Yr unig ran ohonof a gafodd dipyn o gwsg oedd fy mraich chwith dan bwysau'r gawres. Fe deimlai fel cawres, beth bynnag. Ond pan dorrodd y wawr, fe lwyddais i dynnu fy mraich yn rhydd drwy'i llithro fesul modfedd o dan gefn Miss

Griffiths gan fy natod fy hunan oddi wrthi er mwyn mynd i'r tŷ bach.

Pan ddes i'n ôl, roedd Miss Griffiths yn dal i gysgu ac roedd ei cheg yn agored a phoer yn driflan i lawr ei bronnau. Fe'm meddiannwyd gan gythraul direidus a dialgar y funud honno. Chwiliais am fy nghamera. Ar ôl imi ddod o hyd iddo, fe dynnais luniau o Ann Griffiths yn fy ngwely yn glafoerio yn ei chwsg. Tynnais luniau o sawl cyfeiriad. Rhoddais y camera ar fraich y gadair a llithrais yn ofalus yn ôl i'r gwely wrth ei hochr a chan ddefnyddio'r botwm-amser ar y camera, fe dynnais dri llun ohonon ni'n dau fel'na, yn y gwely gyda'n gilydd—heb yn wybod iddi.

Cawsom ein deffro'n ddisymwth ac yn fore iawn—er na allwn wadu nad oeddwn yn croesawu'r ymyrraeth—gan gnocio ffyrnig ar y drws.

'Beth yw hwn'na?' gofynnodd Ann, rhwng cwsg ac effro.

'Dwn i ddim, alla' i ddim gweld drwy ddrysau pren,' meddwn i â rhyw hyder newydd. Codais o'r gwely, gwisgais fy nghôt amdanaf ac agor y drws.

'Oes merch 'da chi yn y stafell 'na?' Mrs Evans oedd hi. Edrychai'n ddig iawn.

'Nac oes,' meddwn i, yn ddiniweidrwydd i gyd.

'Dw i ddim yn eich credu chi. Agorwch y drws i mi gael gweld.'

'Wna i ddim.'

'Reit, dw i'n mynd i alw ar Mr Schloss. Fe glywes i ferch yn y stafell 'na, dw i'n gwbod. Dw i'n gwbod yn iawn.' Yna'n ddirybudd, gwthiodd yr hen fenyw ei ffordd i mewn i'r stafell gul a phan welodd Ann Griffiths yn ei

112

chyflwr hanner noeth, gwaeddodd: 'Wel, yr hen butain, yr hen slebog ddigywilydd.' Yna aeth i ffwrdd dan rwgnach yn gas wrth fynd i lawr y grisiau.

'Mae Mrs Evans yn mynd i nôl y landlord. Rhaid ichi fynd, glou!'

'Peidiwch â phoeni, Mr Cadwaladr.'

'Hawdd i chi ddweud, "Peidiwch â phoeni", nid chi fydd yn cael eich taflu allan.'

'Mae hwn yn dwll o le, ta beth,' meddai.

Edrychais arni am y tro cyntaf y bore hwnnw, ac am y tro cyntaf erioed, fel petai. Roedd hi'n hunanol, yn hunandybus ac, wrth gwrs, gallwn weld yn awr ei bod yn llofrudd didrugaredd. Fe laddai unrhyw un a safai yn ei ffordd heb feddwl am y peth.

'Pam ŷch chi'n edrych arna' i fel'na?'

'Sut ydw i'n edrych arnoch chi?'

'Yn feirniadol. Pwy ŷch chi i 'meirniadu i?'

'Un sy'n gwbod eich hanes chi i gyd.'

'Pa hanes?'

'Hanes eich carchariad, lladd eich plentyn, lladd eich tad, lladd eich mam. Pwy arall ŷch chi wedi'i ladd? Pwy sy'n mynd nesa? Y fi?'

'Dw i ddim wedi lladd neb. Erioed. Yn fy mywyd. Erioed wedi lladd gwenynen hyd yn oed. Chi sy'n rhy dwp i weld hynny. Storïau oedd y rheina. Storïau o'm pen a'm pastwn. Chi'n gwybod, Mr Beirniad Llenyddol, ffuglen. Celwyddau. Wnaethoch chi ddim gweld y tyllau ynddyn nhw? Basa rhywun arall wedi gweld yn syth nad oedd yr un ohonyn nhw'n dal dŵr. Sut mae merch yn gallu cuddio'i beichiogrwydd, bod yn fydwraig ac yn fam ar ei phen ei hun?'

'Dw i wedi clywed am bethau felly.'

'Ŷch chi ddim yn meddwl y basa rhywun wedi gofyn cwestiynau 'taswn i wedi lladd 'Nhad fel'na? Ŷch chi ddim yn meddwl y basa'r trengholydd wedi sylwi bod Mam wedi cael gormod o dabledi a'i bod hi wedi cael ei mygu, 'taswn i wedi'i lladd hi fel'na?'

'Dw i ddim yn eich credu chi nawr. Rŷch chi'n gwadu'r storïau nawr achos rŷch chi'n ofni 'mod i'n mynd i'ch bradychu chi.'

'Ro'n i'n gwbod eich bod chi'n dwp o'r dechrau. Ro'n i'n sicr eich bod chi'n dwp pan glywes i chi'n trafod llenyddiaeth. Ond ddim mor dwp â hyn. Fues i erioed yn byw yn Llundain. Mae 'Nhad a Mam yn fyw ac yn iach. A nace 'mrawd oedd y dyn hwnnw a welsoch chi gyda fi yn y ddinas ond fy nghariad i.'

Cododd Ann Griffiths o'r gwely a dechrau gwisgo amdani. Cribodd ei gwallt. Rhoes finlliw ar ei gwefusau. Gafaelodd yn ei bag llaw a cherdded allan.

Ddeng munud yn ddiweddarach, a minnau'n dal i eistedd a dim amdanaf ond fy nghôt fawr, fel fflachiwr ar ei ddiwrnod bant, daeth cnoc arall ar y drws. Mr Schloss.

'Mae'n ddrwg gen i, Mr Cadfaladr. Mrs Evans, 'chi'n gwbod.'

'Dewch i mewn, Mr Schloss.'

'Wel, does neb yma, mae'n amlwg. Mae'n ddrwg gen i'ch trafferthu fel hyn. Ond 'chi'n gwbod fel mae Mrs Evans. Dim byd i'w wneud drwy'r dydd ond gofidio am bobl eraill. Mae digfyddiadau bach yn bethau mawr yn ei byfyd hi. Rhyw sŵn drws nesa, rhywun yn dod i mewn yn hwyr, rhywun yn mynd allan yn hwyr. Mae hi'n dychmygu

114

pob mathau o bethau. Mae'r cyfan yn chwyddo yn ei phen hi. Ond does dim byd yn digfydd mewn gfirionedd.'

'Nac oes. Dim byd mewn gwirionedd. Dychmygu'r cyfan.'

'Da boch chi, Mr Cadfaladr.'

Ar ôl i mi gael ymdrochiad mewn dŵr twym (y tro hwn) a gwisgo amdanaf, fe es i weld Mr Owen.

'Sut wyt ti, boi? Golwg flinedig arnat ti.'

'Chysgais i ddim neithiwr.'

'Poeni am dy ffrind?'

'Pwy?'

'Y boi Ffloyd 'na.'

'O! ie. Bydd e'n dod 'nôl cyn bo hir, gobeithio.'

'Peth ofnadw i'w wneud oedd hyn'na. Rhoi braw i bawb fel'na. Peth gwirion yw hunanladdiad.'

'Ta beth. Sut ŷch chi heddiw, Mr Owen?'

'O! yr un hen broblemau: poen yn fy nghefn, poenau yn fy nhraed, trafferth gyda'r hen lygaid. Ond 'na fe, "Fe ddaw henaint ei hunan", medden nhw. Cwpanaid o de?'

'Os gwelwch yn dda. Ble mae'ch eirth chi heddiw, Mr Owen?'

'Yn y cwpwrdd i gyd. Maen nhw wedi bod yn ddrwg.'

'Yn ddrwg, ym mha ffordd?'

'Yn gecrus, yn biwis. Yn gwgu arna' i. Fel'na maen nhw weithiau. Maen nhw'n cael pyliau bach stranclyd o bryd i'w gilydd. A does dim byd amdani wedyn ond eu cosbi nhw i gyd yn llym. Eu cau nhw yn y carchar nes iddyn nhw ddod at eu coed unwaith eto.'

Cymerais ddracht o de a synnu pan edrychais o gwmpas y stafell a gweld bod pob llun o fam Mr Owen wedi cael ei droi at y waliau neu wyneb i waered ar y byrddau a'r silffoedd.

'Rwyt ti'n edrych ar y lluniau, on'd wyt ti, boi? Wel, mae Mam a fi wedi cael ffrae fawr.'

'Ond ro'n i'n meddwl ei bod hi wedi marw.'

'Wedi marw ers pymtheng mlynedd bellach, boi. Ond rŷn ni'n dal i ffraeo o bryd i'w gilydd.'

Fentrwn i ddim gofyn rhagor. Ar ôl imi gael te gyda Mr Owen, gelwais yn yr ysbyty i weld Ffloyd. Ond doedd e ddim yno. Yn y nos, fe dynnodd y pwythau allan o'r briwiau ar ei arddyrnau gan beri i'r gwaed lifo eto. Ni sylwodd yr un o'r nyrsys arno tan y bore ac erbyn hynny roedd hi'n rhy hwyr. Roedd e wedi gwaedu i farwolaeth yn y gwely gan gadw'i freichiau o dan y blancedi.

Wyddwn i ddim beth i'w ddweud na beth i'w wneud. Roedd yr ysbyty wedi cysylltu â theulu Ffloyd, ond pwy oedden nhw? Sylweddolais cyn lleied roeddwn i'n ei wybod amdano.

Marwolaeth Ffloyd oedd yr arwydd cyntaf fod popeth wedi newid am byth. Roedden nhw wedi newid ar ôl imi gysgu gydag Ann Griffiths. Roedd hi wedi newid, neu roeddwn i wedi dod i'w nabod hi'n well. A chyda hynny, newidiodd y sêr a reolai fy llwybr yn y byd.

2

Wythnosau'n ddiweddarach, roedd hi'n bwrw glaw ac roedd y gwynt yn oer ac yn egr. Roedd ffilm yn cael ei dangos yng Nghanolfan y Celfyddydau y prynhawn hwnnw nad oedd yn rhan o'r gyfres a oedd yn ymwneud ag angenfilod. Fe es i'w gweld. Y fi a'r dyn tenau plorynnog a bron neb arall.

Duel oedd y ffilm. Yr unig actor ynddi, i bob diben, yw Dennis Weaver. Mae'n gyrru ar ei ben ei hun drwy anialdir America ar hyd yr heolydd sythion 'na sydd yn mynd ymlaen ac ymlaen am filltiroedd ar filltiroedd, yn ymestyn i'r gorwel. Mae'n goddiweddyd—fel mae Rheolau'r Ffordd Fawr yn 'i ddweud—ryw dryc anferth. Ond y mae'r tryc yn aros y tu ôl iddo, yn dynn wrth ei sodlau, megis. Yna, mae'n ei oddiweddyd yntau ond wedyn yn arafu ac yn gwrthod gadael i Dennis Weaver ei basio eto. Wedyn mae'n mynd yn ymryson rhyngddynt, y naill yn pasio'r llall. Yna, mae gyrrwr y tryc yn bwrw'n erbyn car Dennis Weaver. Mae'r cyfan yn gyffrous. Prif bersonoliaeth y ffilm yn fy marn i yw'r tryc sydd yn enfawr, yn uchel, yn hir, yn dywyll ac yn fileinig o fygythiol, fel rhyw fath o anghenfil metalaidd, yn wir. A'r peth gorau am y ffilm yw nad ydyn ni byth yn cael gweld gyrrwr y tryc. Rŷn ni'n gweld botasen ledr fawr mewn un olygfa ond dyna i gyd, a dŷn ni ddim yn siŵr taw botasen y gyrrwr yw hi y tro hwnnw chwaith. Erys y dirgelwch hyd y diwedd—a hyd yn oed ar ôl y diwedd, mewn ffordd, oherwydd mae'n aros yn y dychymyg yn ddirgelwch heb ei ddatrys. Dyna lwyddiant y ffilm. Pe baem ni wedi cael gweld y gyrrwr, difethid holl hud y stori. Er enghraifft, caraf feddwl mai'r Diafol oedd yn gyrru'r tryc hwnnw— er nad ydw i'n credu yn y Diafol fel y cyfryw.

Cerddais yn syth o Ganolfan y Celfyddydau i'r llyfrgell. Doedd dim un o'r hen wynebau cyfarwydd yno. Teimlais yn gwbl unig. A dyna'r tro cyntaf imi feddwl o ddifri am

Ann Griffiths ar ôl ein noson gyda'n gilydd. Beth oedd wedi digwydd? Fe gawson ni rywbeth tebyg i gyfathrach rywiol, ond roedd hi wedi llwyddo i'm sbaddu â'i gwawd, ei dirmyg, ei sarhad. Serch hynny, roeddwn i'n gobeithio nad oedd hi wedi cerdded allan o'm bywyd am byth. Roeddwn i'n gweld ei heisiau, nid fel cariad, yn bendant—bu ein carwriaeth yn fethiant chwerthinllyd—ond oherwydd iddi ddod â swyn a dirgelwch i'm dyddiau. Ac yna bu'n rhaid imi ailystyried. Onid oedd hi wedi fy nhwyllo, wedi fy nghamarwain, wedi camddefnyddio fy ffydd ynddi? Ac i ba bwrpas y gwnaethai hynny? I'm poenydio, i chwarae â'm hemosiynau, i'm bychanu? Bûm i'n degan yn ei dwylo. Ynteu fi oedd yn dwp yn ei chredu hi mor rhwydd?

Roedd fy nheimladau tuag ati hi'n gymysg iawn. Roedd rhan ohonof yn maddau iddi a rhan ohonof yn mynnu dial arni.

Yna, er mawr foddhad i mi, ymddangosodd yr hen wraig a'r dyn byr ei olwg. Hi oedd yn arwain ac yntau'n ei ddilyn, yn cario pentwr o gyfrolau trwchus, trwm. Edrychodd yr hen wraig ar y byrddau hirion gan chwilio am le.

'Beth am fan'na, Robin?' meddai wrth y dyn.

O'r diwedd, gallwn roi enw i'r dyn byr ei olwg.

'Iawn, Anti,' meddai.

Ac o'r diwedd roedd gen i syniad beth oedd eu perthynas.

Wedyn, daethant i eistedd, ill dau, heb fod ymhell iawn oddi wrthyf. Gallwn glustfeinio ar eu sgwrs. Er fy mod wedi penderfynu eu bod yn fodryb a nai, fe'i cefais hi'n anodd deall pam yr oedd dyn yn ei dri-degau yn treulio'r rhan fwyaf o'i ddyddiau mewn llyfrgell gyda'i fodryb.

'Nawr, 'te,' meddai'r fodryb, gan ei setlo'i hunan wrth y bwrdd, 'pa lyfr wyt ti'n mynd i'w ddarllen i ddechrau heddiw?'

'Yr un ar sut i ennill cystadlaethau. 'Taswn i'n gallu ennill rhywbeth, fel miliwn o bunnoedd ar y Pŵls neu rywbeth, mi fasa hwn'na'n datrys ein problemau i gyd, on' basa fe?'

'Basa,' cytunodd y fodryb, gan osod ei sbectol ar ei thrwyn. 'Dw i'n mynd i ddarllen y llyfr hwn ar yr arlunydd Louis Wain.'

'Hwnnw oedd yn arfer darlunio cathod yn gwisgo dillad ac ati?'

'Ie, hwnnw. Aeth e'n wallgof erbyn y diwedd, 'ti'n gwbod.'

'Do fe'n wir?'

'Do. Ar ôl darlunio cathod yn ymddwyn fel pobl ar hyd ei oes, fe aeth e i feddwl ei fod e'n gath ei hunan, ac i ymddwyn fel cath. Ro'dd e wrth ei fodd yn yfed llaeth o soser ar y llawr—fel cath. Llyfu'r llaeth â'i dafod.'

'Ys gwn i pam aeth e fel'na?'

'Dwn i ddim. Efallai ar ôl oes o'u hastudio nhw, a'u gwylio nhw, a'u darlunio nhw, a dim byd arall, dim byd ond cathod, aeth e i'w uniaethu'i hunan â nhw ormod nes yn y diwedd doedd e ddim yn gallu gwahaniaethu rhwng pobl a chathod. Dwn i ddim.'

Wedyn tawodd y ddau. Yr anti'n astudio darluniau Louis Wain a Robin yn darllen â'i drwyn, yn chwilio am yr allwedd i ennill arian mawr a throi'n filiwnydd dros nos.

Cerddais o'r llyfrgell i'r strydoedd. Roeddwn i'n teimlo'n ddigalon. Pan fyddaf yn isel f'ysbryd, byddaf yn mynd am dro yn strydoedd y ddinas ac o fewn dim o dro teimlaf yn well fy hwyliau. Y mae effaith y ddinas ar f'ysbryd yn feddyginiaethol. Yr hyn sydd yn y ddinas yw'r amrywiaeth, y symud parhaol. Does yr un olygfa'n ddigyfnewid yn hir iawn; mae rhywbeth yn dod i'w newid a'i hamrywio o hyd. Dw i'n licio'r holl bosib-iliadau, y cyfuniadau di-ben-draw. A'r holl ddewis; hyd yn oed os na ellwch chi brynu dim, mae digon i'w weld. Yn lle pump neu chwe lle i gael bwyd, fel sydd mewn tref fach, ugeiniau o lefydd bwyta. Yn lle dwy siop ddillad, degau ohonynt. Yn hytrach na bod heb siop lyfrau o gwbl, fel mewn pentre bach, yn y ddinas y mae wyth siop lyfrau fawr, neu ragor. Af o siop lyfrau i siop lyfrau, yn chwilio am fy hoff awduron, yn cymharu faint o'u llyfrau sydd ar y silffoedd ym mhob siop. Wedyn, y siop lyfrau ail law. Mynd yno gan chwilio am un peth ond darganfod rhywbeth arall, rhywbeth prin nad oeddwn wedi disgwyl ei weld o gwbl a cheisio talu amdano heb fradychu'r cyffro sydd yn fy meddiannu.

Ond y diwrnod hwnnw, cerddais strydoedd y ddinas yn chwilio am Ann Griffiths, gan obeithio cael cipolwg arni yn y môr o wynebau. Roedd y ddinas, fel petai, yn ei chladdu yn ei rhwydwaith o siapiau a ffurfiau a llinellau cymysg.

Tybed ble'r oedd hi? Roedd y cyfeiriad a roeswn ar gerdyn yr Ann Griffiths ffug yn un gwneud. Sylwais i ddim ar gyfeiriad yr Ann Griffiths go-iawn. A beth oeddwn i'n ei wybod amdani? Roeddwn i wedi gwrando ar ei storïau gan feddwl eu bod yn hanesion go-iawn ac yn ffeithiau, nes iddi wadu dilysrwydd pob un ohonynt. Ond pa mor wir oedd y gwadiad? Wyddwn i ddim byd pendant amdani, dim ond yr hyn roeddwn wedi'i weld a'r hyn yr oeddwn wedi'i glywed. Hyd yn oed os oedd ei storïau'n gelwyddog, yr oedd y ffaith ei bod wedi dweud y storïau yn wir. A'r unig beth arall a wyddwn amdani oedd ei henw, Ann Griffiths.

Pan ddaeth nos Fawrth fe es i'r dosbarth, yn bennaf i weld a ddeuai Ann Griffiths neu beidio. Daeth Llysnafedd ac Eileen Morton. Arhosais tan chwarter wedi saith, bron, cyn dechrau'r dosbarth. Ddaeth neb arall. Amser coffi, roeddwn i'n dal i obeithio yr ymddangosai. Ond ddaeth hi ddim. Roedd ail hanner y wers yn fwrn oesol. Waldo oedd y testun ac y mae'i syniadau goddefgar a'i athroniaeth ynglŷn â brawdoliaeth dynoliaeth yn hollol ddieithr imi. Teimlwn fel petawn i'n ceisio dehongli cerddi dyn o'r lleuad. Roedd Llysnafedd, wrth gwrs, yn ei weld e'n ddiddorol ac yn barod i draethu arno tan Ddydd Barn. Cafodd Mrs Morton fodd i fyw yng nghwmni geiriau fel 'bracsaf', 'clais' a 'swmpo'. Ar ôl i'r dosbarth ddirwyn i ben, arhosais am chwarter awr ar ôl i bawb arall ddiflannu. Gadawodd hyd yn oed Siriol a Ceryl o'r swyddfa, ond ymddangosodd hi ddim.

Yn lle mynd ar y bws, ar fy mhen fy hun, cerddais yr holl ffordd adre y noson honno. Roedd hi'n oer, a naws glaw ynddi, ond yn dal yn sych, a gwynt oer, sbeitlyd. Lle nad oedd siopau, roedd y strydoedd yn wag. Roedd y tai'n dywyll ond, lle nad oedd y llenni wedi cael eu cau, cawn gipolwg ar fywydau pobl eraill mewn goleuni oren o flaen y tân neu mewn goleuni glas o flaen y teledu.

Gwyddwn am lwybr tarw i dŷ Mr Schloss. Roeddwn i'n gorfod cerdded drwy faes parcio, mynd y tu cefn i res o hen stordai, o dan bont, allan i'r strydoedd eto ac i'r tŷ. Cymerai'r ffordd hon chwarter awr yn llai na'r ffordd arferol pan gadwn at heolydd a phalmentydd y ddinas. Ychydig o geir oedd yn y maes parcio. Ble'r oedd pawb? Roedd yr hen stordai'n adfeilion peryglus yr olwg. Wrth imi ddynesu at y bont, fe glywais sŵn, sŵn amheus. Sefais i wrando. Dim byd ond plwp, plwp, plwp lleithder yn defnynnu o'r to ac yn taro pwll ar y llawr. Sŵn ogofaidd. Atseiniai'r sŵn hwn drwy'r gwacter. Edrychais ar geg y tywyllwch o dwnnel o dan y bont. Roedd ofn a phetruster yn fy meddiannu. Sefais yno am funudau bwygilydd yn gwrando yn astud am y smic lleiaf o sŵn drwgdybus. Ac yn y diwedd, llwyddais i'm hargyhoeddi fy hun fod popeth yn iawn. Ymwrolais i redeg drwy'r düwch yn gyflym er mwyn cyrraedd y strydoedd ar yr ochr arall mor glau ag y gallwn. Ac i mewn â fi.

Ond hanner ffordd drwy'r tywyllwch, cydiodd rhywun ynof gan fy ngwthio yn erbyn y wal. Roedd llaw gref dyn yn dal fy mhen yn erbyn y cerrig llaith gerfydd fy ngwddwg. Teimlwn fy mod yn mynd i dagu. Gwelais fflach fetalaidd—cyllell. Teimlais awch y gyllell ar fy wyneb. Rhyddhawyd y llaw o'i gafael am fy llwnc ac aeth drwy fy mhocedi tra oedd blaen yr arf yn dal i gael ei wthio yn erbyn fy nghroen. Diolch i'r drefn, roedd gen i bymtheg punt ym mhoced fy siaced ac mae'n rhaid mai dyna oedd pris fy mywyd oherwydd ar ôl iddo gael gafael yn yr arian rhedodd yr ymosodydd i ffwrdd.

Yn rhyfedd iawn, yn ystod yr ymosodiad ei hun, theimlais i ddim ofn o gwbl, theimlais i ddim byd. Gallwn dderbyn popeth a oedd yn digwydd gyda rhyw wrthrychedd dideimlad, a finnau wedi fy nidoli oddi wrtho—teimlais y llaw ar fy ngwddwg fel feis, gwelais fflach y gyllell, teimlais y llafn oer yn brathu fy wyneb, y llaw ddieithr yn chwilio fy nillad—ond teimlais y cyfan heb ddychryn. Ond wedyn, roeddwn i'n swp sâl o gryndod diymadferth, prin fy mod i'n gallu cerdded, heb sôn am redeg.

Mor falch oeddwn o weld y strydoedd a'r ceir eto. Wrth gwrs, doedd dim golwg o neb a allai fy helpu. Ble, tybed, mae'r heddlu i gyd pan fo ar ddyn eu hangen?

Pan gyrhaeddais fy stafell, gwelais y gwaed a'r briw ar fy moch lle bu blaen y gyllell a gwelais y cleisiau ar fy ngwddwg lle bu'r bysedd yn gafael ynof. Roedd fy wyneb yn wyn fel papur. Gorweddais ar y gwely a llefain fel baban, llefain a llefain nes bod fy llais yn gryg, fy llwnc yn dost, fy llygaid yn goch. A chysgais.

Drwy fy nghwsg, fe gefais hunllef. Roedd Ann Griffiths yn chwerthin am fy mhen a finnau'n sefyll o'i blaen yn noethlymun. Wedyn, roeddwn i'n cerdded drwy'r strydoedd yn noeth a'r strydoedd yn orlawn; prin y gallwn symud drwy'r holl bobl. Yna, fe sylwais mai Ann Griffiths oedd pob person yn y stryd a'u bod nhw—neu ei bod hi, yn hytrach—yn chwerthin, chwerthin. Yna, roedd sŵn chwerthin yn clindarddach o'm cwmpas ac roeddwn i yn y twnnel tywyll eto, y bysedd am fy ngwddwg, y gyllell yn fy wyneb. Yn sydyn, goleuwyd pobman, a dyna Ann Griffiths wedi'i gwisgo fel Humphrey Bogart yn fy nal i yno, a finnau'n noethlymun. Rhywsut fe lwyddais i lithro o'i gafael a dianc o'r twnnel. Sŵn y chwerthin yn fy nilyn, bob cam. Trois i edrych yn ôl ar y bont, a cheg y twnnel oedd ceg Ann Griffiths yn

123

chwerthin, chwerthin, chwerthin. Rhedais i ffwrdd yn sgrechian gan wasgu fy nwylo dros fy nghlustiau; gallwn fy ngweld fy hun fel y llun hwnnw gan Munch, *Y Sgrech*. Yna, dyma sŵn y chwerthin yn troi'n llafarganu selog. Agorais fy llygaid a gweld torf enfawr a sylweddolais fy mod i'n sefyll mewn rali Natsïaidd ei naws; gwelais fod pob un yn y dyrfa'n edrych i gyfeiriad llwyfan fawr ac yn saliwtio. A gwelais mai Ann Griffiths oedd ar y llwyfan ac mai ei henw hi oedd ar wefusau pawb yn y gynulleidfa.

Dihunais ar fy ngwely yn gybolfa o chwys.

3

Gwyddwn y gwelwn i Ann Griffiths eto ond wyddwn i ddim pryd. Y cyfan yr oedd ei angen oedd amynedd. Deuai i mewn i'm bywyd eto. Ac felly y bu.

Ond cyn hynny, fe newidiodd fy mywyd mewn dwy ffordd.

Yn gyntaf, daeth y dosbarthiadau i ben. Noson aeafol, oer oedd noson olaf y dosbarth, nos Fawrth, a'r unig un yno oedd Llysnafedd. Teimlais yn gas wrthyf fi fy hun am feddwl amdano fel'na, fel Llysnafedd o hyd. Efe oedd yr unig un a ddaethai i bob dosbarth, waeth beth fo'r tywydd. Daethai ar ddechrau'r tymor yn yr haul, yna yn y glaw yn gyson, ac yna yn yr oerni. Wythnos ar ôl wythnos, gwnaethai'i waith cartref a chymerasai ddiddordeb ym mhob testun a drafodwyd gan gyfrannu at bob sgwrs. Bu Eileen Morton hithau'n ffyddlon ond collodd y tair wythnos olaf. Collwyd Menna a Manon yn gynnar, yna diflanasai Gary, ac y mae hanes Ann Griffiths yn hysbys.

Hanner ffordd drwy'r wers olaf honno, a finnau a Llysnafedd—mae'r enw wedi glynu yn fy meddwl, gwaetha'r modd—yn ymdrin â 'Drudwy Branwen' gan Robert Williams Parry, yn fwy fel cyfeillion yn siarad am lenyddiaeth nag yn athro a disgybl mewn dosbarth nos, daeth Ceryl i mewn.

'Dim ond un ar ôl,' meddai, fel ffarmwr yn cyfri gwartheg, 'wel, mae'ch dosbarth wedi crebachu'n druenus, on'd yw e, Mr Cadwaladr?'

'Ydy, gwaetha'r modd.'

'Wel, fel rŷch chi'n gwbod, Mr Cadwaladr, ar ddiwedd y tymor, ar y noson olaf, rŷn ni'n gofyn i bobl ymaelodi am y tymor nesaf. Oes gynnoch chi unrhyw enwau ar wahân i Mr List-Norbert? Dw i'n cymryd bod Mr List-Norbert yn mynd i ddod y tymor nesa, ydych chi, Mr List-Norbert?'

'Ydw. Wrth gwrs.'

'Ar wahân i Mr List-Norbert,' meddwn i, 'does gen i'r un enw arall.'

'Felly dyw'r sefyllfa ddim yn edrych yn obeithiol iawn, oni bai'ch bod chi'n gallu dod o hyd i naw aelod arall yn ystod y gwyliau.'

'Beth am ffonio'r hen aelodau?' gofynnais i.

'Ie. Dyna syniad da. Gellwch chi wneud hyn'na heno ar ôl y wers. Dewch i'r swyddfa.'

'Byddwn i'n—siomedig—'taswn i ddim—yn gallu cario

ymlaen gyda fy—astudiaethau—tymor nesaf,' meddai Llysnafedd ar ôl i Ceryl fynd.

'A finnau,' meddwn i, gan feddwl y byddwn i'n ddi-waith eto.

'Beth am eich—dosbarthiadau eraill? Yr un peth?'

'Ie. Mae pob aelod yn diflannu o dipyn i beth. Pawb yn ymuno'n frwd ar y dechrau ac yna'n gweld anawsterau'r pwnc. Wedyn, y tywydd yn gwaethygu. Wedyn, unrhyw esgus dros beidio â dod: annwyd, y ci ar *Pobol y Cwm* yn marw, y car yn torri i lawr.'

'Eitha gwir. Does neb eisiau darllen—nawr.'

'Does gan neb ddigon o amynedd, yn enwedig yng Nghymru. Mae'n rhaid i bopeth fod mor rhwydd a slic ag episôd o *Neighbours*. Does gan neb yr amynedd i feddwl yn Gymraeg bellach, hyd yn oed y rhai sy'n ymfalchïo yn eu Cymreictod. Mae'n well ganddyn nhw ddarllen Saesneg.'

'Cytuno. Yn llwyr,' meddai Cyril.

'A dydyn nhw ddim yn credu mewn awdur o Gymro neu Gymraes. Maen nhw'n meddwl mai deunydd eilradd yw llyfr Cymraeg.'

'Mae hyn yn wir. Mae hyn yn wir,' porthodd Llysnafedd. Mae'n braf cael cynffonnwr pan fo dyn yn isel ei ysbryd.

'Snobyddiaeth yw'r cyfan. Chawn ni byth fod yn genedl eto nes ein bod ni'n barod i ymfalchïo yn ein llenorion ein hunain ac anwybyddu'r lleill. Dyna be' mae'r Saeson yn ei wneud, wedi'r cyfan, anwybyddu pawb ond y nhw eu hunain ac America a Ffrainc—a dim ond tipyn o snobyddiaeth yw eu diddordeb yn Ffrainc.'

Ar ôl yr araith danbaid hon, fe es i'r swyddfa. Roedd

gwedd Siriol yn fwy Draciwlaraidd nag arfer a'i sgarff wedi'i lapio am ei gwddwg.

'Be' chi mo'yn?' meddai.

'Mae Ceryl wedi awgrymu y dylwn i ffonio pawb ddaeth i'r dosbarth y tymor 'ma i weld a ydyn nhw'n mynd i ailymuno y tymor nesa.'

'Wel, peidiwch â bod yn hir,' meddai. 'Mae Ceryl wedi mynd a dw i ddim yn gweld pam y dylwn i aros yn y swyddfa oer yma tan y Nadolig.'

'Fydda i ddim yn hir, cewch chi weld. Fydd neb eisiau dod.'

Ac ar wahân i Mrs Morton, a oedd yn awyddus i ddod eto ond a oedd yn dost gyda'r ffliw ar y pryd, roeddwn i'n iawn. Pan gawn ateb i'm galwadau ffôn o gwbl, cawn ateb negyddol.

'Beth am yr Ann Griffiths 'ma?' gofynnais.

'Beth amdani?'

'Wel, does gen i ddim cofnod o'i rhif ffôn hi. Wnaeth hi ddim ei adael 'da chi, naddo?'

'Naddo. Nawr, ydych chi wedi cwpla?'

'Ydw.'

'Diolch am hynny. Noswaith dda.'

'Noswaith dda i chithau, Siriol, a mwynhewch y gwyliau.' Yn Nhransylfania, ychwanegais wrthyf fy hun, yn fy meddwl.

Ac felly yr ymunais â rhengoedd y di-waith, y mwyafrif, unwaith eto.

Yr ail beth a ddigwyddodd ac a newidiodd fy mywyd oedd marwolaeth ddisymwth ac annisgwyl Mr Schloss. Cafodd drawiad ar ei galon yn ei gwsg un noson.

Bu'n rhaid i bawb symud i rywle arall i fyw. Aeth yr hen Mrs Evans i un o gartrefi'r henoed.

Mr Owen oedd y tristaf. Wna i byth anghofio'i wedd pan es i'w weld pan oedd e'n hwylio i ymadael. Dyna lle'r oedd e yng nghanol pentwr o focsys a'i stafell bron mor foel â'i benglog ei hun. Y pethau olaf i gael eu pacio oedd y lluniau o'i fam a'r eirth.

'Hylo, boi, be' sy'n mynd i ddigwydd i fi, e?'

'Oes 'da chi rywle i fynd?'

'Oes. Dw i'n mynd i aros gyda 'nghnither, Doli, a'i theulu. Ond cha' i ddim aros yno'n hir,' meddai gan lapio'r llun olaf o'i fam yn gariadus, a'i osod yn ofalus mewn bocs. Yna, dechreuodd ar yr eirth. Gafaelai yn un, ei lapio mewn papur tenau, tenau, a'i roi yn y bocs gan ddweud ei enw.

'Dyna Eurolwyn,' meddai, 'a dyma Pioden y Panda. Fydd y rhain ddim yn licio cael eu cau lan mewn bocs tywyll fel hyn. Dyma Bendigeidfran. A chân nhw ddim dod allan am amser hir, efallai, pwy a ŵyr?'

'Efallai y cewch chi le'n syth.'

'Dw i ddim yn credu, rywsut. A dyna Parry Bach. Dw i wedi mynd yn rhy hen i drampio o gwmpas i chwilio am le newydd i fyw. Dyna Saunders. Cha' i ddim 'u tynnu nhw allan tra bydda i'n aros gyda Doli, ddim pob un ohonyn nhw. Byddai ei phlant hi'n gwneud hwyl am fy mhen. Dyna Lleucu Llwyd. Mae tri mab 'da Doli ac maen nhw i gyd yn eu harddegau, a phethau gwyllt ŷn nhw, hefyd. Dyna Gwynfor. Maen nhw i gyd yn reidio motor beics ac yn gwisgo siacedi lledr a llun o benglog ar gefn pob un. Dyna Waldo. O! be' wna i, be' wna i? 'Tasa Mam yma, basa hi'n gwbod be' i'w wneud.'

Cronnai'r dagrau yn ei lygaid ac edrychai'n debycach i faban mawr nag erioed. O un i un, diflannai'r eirth i grombil y bocsys.

'A dyma Gododdin,' meddai, a'r dagrau'n powlio o'i lygaid; roedd argae ei ddewrder wedi torri o'r diwedd. 'Un a roes Mam i mi.'

'Ie. Ond dyma Cadwaladr,' meddwn i, 'yr un wnaethoch chi roi f'enw i arno. A chofiwch, tra bydd Cadwaladr 'da chi, mae 'da chi ffrind.'

'Ydy hyn'na'n wir, boi?'

'Ydy,' meddwn i. Roedd yn beth gwirion a ffôl i'w ddweud ond roedd yn gysur i Mr Owen ar y pryd. Allwn i ddim dioddef ei weld e'n llefain yn ei anobaith.

'Tra bo Cadwaladr 'da fi, mae gen i ffrind. Diolch. Diolch, boi, diolch.'

Bûm i'n lwcus i gael cartref newydd yn weddol rwydd. Cysylltiadau—dyna beth sy'n bwysig pan fo dyn yn chwilio am lety mewn dinas fawr. Dweud wrth bawb eich bod chi'n chwilio am le, dyna'r gyfrinach. A rywbryd, o rywle, fe ddaw rhywbeth, fel arfer o gyfeiriad hollol annisgwyl. Ac felly y bu.

Un prynhawn, fe es i'r sinema ac yno y gwelais Ceryl o bawb. Wnes i ddim dweud dim wrthi tan ar ôl y ffilm, er inni sylwi ar ein gilydd ar y ffordd i mewn. Ond fe'i cornelais ar y ffordd allan.

'Ffansïwch—eich gweld chi'n mynd i weld yr un ffilm â fi.'

'Dw i'n dwlu ar Kevin Costner,' meddai Ceryl.

'On'd oedd yr olygfa honno lle'r aeth y blaidd ato yn wych?'

'Dyna fy hoff ran o'r ffilm.'

'Wnes i mo'ch gweld chi ar y ffordd i mewn.'

'Naddo. Welais i mohonoch chi, chwaith.'

'Bydd rhaid inni'n dau fynd at yr optegydd dw i'n meddwl. Dw i'n chwilio am le newydd i fyw nawr; bu farw'r hen landlord, a dw i'n siŵr 'mod i'n colli llefydd o hyd. Ddim yn sylwi ar gardiau mewn ffenestri neu hysbysebion yn y papur y tro cyntaf, ac erbyn imi fynd ar eu hôl nhw, maen nhw wedi mynd.'

'O! mae ewythr imi'n chwilio am rywun i gynnal fflat. Un rhad hefyd. Methu cael neb i'w gymryd.'

Yn fuan wedyn, roedd ewythr Ceryl, sef Dr Morris Llywelyn, yn fy nhywys o gylch y stafelloedd.

'Ŷch chi'n gorfod dod i lawr y grisiau cy-cy-cul 'ma. My-my-maen nhw'n cy-cy-cul iawn,' meddai. Dyn mawr cul oedd yntau. Os oedd Schloss wedi peri i mi feddwl am fampir ar y dechrau, roedd Morris Llywelyn, D.D., yn sombi, yn un o'r meirw byw. Roedd ei lygaid yn fwy ffenestraidd na llygad ffug Ffloyd ac roedd lliw ei groen yn felyn, fel clai. Symudai'n araf, a'r unig beth byw amdano oedd y doreth o flew a dyfai yn ei glustiau ac yn ei drwyn. Ar wahân i'w atal dweud, swniai'i lais fel petai'n codi o'r bedd. Yn wir, wrth ei ddilyn i lawr y grisiau ac i ryw fath o ddwnsiwn, meddyliais am Peter Lorre a Boris Karloff mewn ffilm seiliedig ar storïau Edgar Allan Poe. Ond, chwarae teg iddo, cyn inni ddisgyn, goleuodd Dr Llywelyn y ffordd.

'Dy-dy-does 'na ddim ffenestri yn y lle 'ma,' meddai, 'mae'n dy-dy-danddaearol, a gweud y gy-gy-gwir. Yn llythrennol. Ond mae rhaid cy-cy-cadw'r golau ymlaen drwy'r dy-dy-dydd. Oni bai fod llygaid cy-cy-cath 'da chi,' chwarddodd am ben ei ffraethineb ei hun a swniai fel arch yn agor.

'Mae'n lle mawr,' meddwn i.

'Ydy. Ly-ly-lolfa fawr. Cy-cy-cegin. Sy-sy-sy-stafell ymolchi. Sy-sy-sy-stafell wely. Mae'n fflat sy-sy-sylweddol. Ond does neb yn mo'yn by-by-byw 'ma. Dw i'n cael rhai i ddod ond dŷn nhw by-by-byth yn aros yn hir.'

'Pam, ys gwn i?'

'Dŷn nhw ddim yn ly-ly-licio'r tywyllwch a'r ffaith nad oes 'na ddim ffenestri 'ma.'

Wnaeth e ddim ceisio celu naws annymunol y lle ac roeddwn i'n ei edmygu am hynny. Ei unig ymdrech i gael rhywun i dderbyn y lle oedd ei osod ar rent isel iawn a dyna'r prif reswm y cymerais y lle.

Roedd y fflat hwn mewn rhes o dai urddasol ar lan yr afon. Yn y lolfa eang, roeddwn i'n credu y gallwn glywed yr afon. Wedi'r cyfan, roedd y stafell o dan lefel lloriau'r tai, yn ddwfn iawn. Roeddwn i wrth fy modd yn dringo lan o'r fflat a mynd yn syth at yr afon. Mae dŵr yn symud o hyd ac yn newid ffurf, yn union fel y ddinas, ond lle mae'r ddinas yn cyffroi, y mae'r dŵr yn tawelu ysbryd dyn.

Ar ôl imi symud i'r dwnsiwn, fel y liciwn feddwl amdano, fe ddechreuais gyfansoddi f'awdl i Ann Griffiths. Er nad oeddwn mewn cariad â hi, gelwais ar yr afon i fod yn llatai i fynd i chwilio amdani a dod â hi'n ôl ataf. Fe ddechreuais â chyfres o englynion yn canmol yr afon, yn ei chymharu ag afonydd enwog fel Nîl, Ganges, Seine, Daniwb a Thafwys, a hyd yn oed Stycs a Lethe a'r Iorddonen. Yna erfyniais arni i ddod o hyd i Ann Griffiths a dweud wrthi ble y gallai fy ffeindio i. Wedyn, cyfres o hir a thoddeidiau afrosgo yn ymbil ar y ddinas i gynorth-wyo'r afon. Roedd y rhan hon o'r gerdd yn bwysig iawn. Dechreuais â'r un patrwm eto o ganmol y ddinas a chael Rhufain, Paris, Llundain a Fiena yn ail iddi. Ac yna, newid cywair a ffurf; dechrau defnyddio'r cywydd a sôn am Ann Griffiths ei hun, ei disgrifio hi, ei gwallt, ei dillad, ei haeliau, ei hewinedd, ei soffistigeiddrwydd, ei hiwmor, ei chreulondeb, a'i storïau. Roeddwn i am gyfansoddi awdl a fyddai fel afon, yn adlewyrchiad o gymhlethdod y ddinas ac felly'n bortread o Ann Griffiths ei hun. Ysgrifennais dros bum cant o linellau mewn cynghanedd garlamus. Roedd pob llinell yn arwain yn naturiol at yr un nesaf, y cwpledi'n gymheiriaid organig a'r sangiadau'n ymestyn drwy dri neu bedwar cwpled. Roedd yr odlau a'r cytseinedd yn sionc, y gynghanedd lusg yn siffrwd, y sain yn canu, y draws yn chwerthin a'r groes yn tincial yn hon. Roedd popeth yn cydweddu i'w gilydd yn gyfewin, yn wead tyn. Fel y ddinas, roedd hi'n gyfanwaith ond yn llawn amrywiaeth, yn neidio o'r naill beth i'r llall, byth yn segur, byth yn llonydd, eithr yn newid yn hyblyg o hyd ac o hyd—weithiau'n llon, weithiau'n lleddf, weithiau'n hiraethus, weithiau'n afieithus, yn dawel ac yn swnllyd, yn ddwys ac yn ddoniol, yn dywyll ac yn olau. Ond, yn bennaf oll, fel Ann Griffiths ei hun, roedd hi'n llawn dirgelion, cyfrinachau a chwestiynau heb atebion iddynt. Dysgais y gerdd ar fy nghof ac adroddwn hi o'i dechrau i'w diwedd drosodd a throsodd yn y dwnsiwn, ac wrth fynd am dro yn y parc, fe'i hadroddwn dan fy ngwynt. Liw nos, wrth fynd am dro ar hyd glan yr afon, fe'i hadroddwn yn uchel gan adael i'r awelon gymryd fy ngeiriau a'u cludo at Ann Griffiths.

Fe anfonais f'unig gopi o'r gerdd at Brifardd enwog, un yr oeddwn yn ei barchu a'i edmygu'n arw iawn, i gael ei farn. Hyd yn hyn, er i mi erfyn arno i'w chael hi'n ôl, ni welais gip arni wedyn; ni chefais ateb na chydnabydd-iaeth gan y Prifardd Cadeiriog.

Erbyn hyn, anghofiais bob gair ohoni; testun arall i'w ychwanegu at lenyddiaeth goll y Gymraeg megis stori Dylan Eil Ton, hanes y marchog a rannodd yr afalau yn llys Arthur a stori Ysgolan Anweladwy.

Er i'r dosbarthiadau ddod i ben, daliais i fynychu'r llyfrgell. Yn wir, treuliwn fwy o amser yno na phan oeddwn yn gweithio. Gwelwn y dyn bach â'r nodlyfrau a'r rhifau bron bob dydd. Mynychwyr cyson hefyd oedd Robin a'i fodryb. Afreolaidd oedd ymweliadau'r dyn ifanc â'r plorynnod a'r diddordeb mewn hen ffilmiau ond fe'i gwelwn nid yn unig yn y llyfrgell eithr yn y sinemâu hefyd. Ac fe welwn eraill yno'n aml hefyd, a dod i'w nabod o ran eu golwg, os nad i siarad â nhw. Yn wir, arferwn feddwl am y bobl hyn fel fy nghyfeillion, hyd yn oed os na thorrais air â nhw erioed.

Yn ddiweddarach y flwyddyn honno, roeddwn i'n crwydro strydoedd y ddinas, yn ôl f'arfer, pan welais Mr Owen eto. Yr un pen moel a'r wyneb crwn babanaidd, nid oedd modd ei gamgymryd, yr un corff meddal a phlentynnaidd. Ond yn lle'r dillad glân a thwt, rhacs budr amdano; yn lle'r wên siriol, groesawgar, tristwch yn rhychau dwfn. Roedd e'n cario pump neu chwe bag plastig trymlwythog ac roedd e'n cysgodi rhag y glaw.

Roedd y trawsffurfiad yn drist a syfrdanol. Fe es ato, gan alw arno.

'Mr Owen! Mr Owen!' ond edrychodd yn syn arnaf gan guchio'n ddrwgdybus.

'Pwy ŷch chi?' meddai.

'Mr Owen, rŷch chi'n fy nghofio i. Ro'n i'n byw yn nhŷ Mr Schloss. Mr Cadwaladr ydw i.'

'Schloss? Cadwaladr? O! ie, mae gen i ryw frith gof,' meddai.

'Ond dw i'n eich cofio chi, Mr Owen. Dw i'n siŵr eich bod chi'n 'y nghofio i. O'ch chi wastad yn 'y ngalw fi'n "boi", ŷch chi'n cofio?'

'Ydw, ydw,' atebodd yn lluddedig.

'Mr Owen, ble mae'ch lluniau o'ch mam a'ch tedis bach. Pam ŷch chi'n cerdded o gwmpas fel hyn?'

'Dyw Doli ddim yn gadael imi aros yn y tŷ drwy'r dydd ac mae ei meibion wedi malu'r lluniau o Mam ac wedi rhwygo'r eirth bach yn rhacs.'

Ar hynny, gafaelodd yn un o'r bagiau plastig a'i ddal wrth ei fynwes.

'Wnaethoch chi roi f'enw i ar un ohonyn nhw, ydych chi'n cofio?'

'Ydw. Dw i'n cofio'n iawn. Cadwaladr.'

'Be' ddigwyddodd iddo fe?'

'Dw i ddim yn gwbod,' meddai, gan afael yn dynn yn y bag.

'Dewch 'da fi i'r caffe 'na ar bwys yr orsaf i gael cwpanaid o de neu goffi, fel yn yr hen amser, fel yn nhŷ Mr Schloss pan o'ch chi'n arfer rhoi te i mi a siarad am eich Mam a dangos eich casgliad o eirth i mi—Saunders, Waldo, Parry Bach, Pioden y Panda . . .'

'Dw i'n gorfod mynd,' meddai, ac ar hynny, cododd ei fagiau i gyd a rhedeg rownd y gornel a chollais bob golwg arno. Roeddwn i'n rhyw deimlo mai cywilydd oherwydd i mi ddod o hyd iddo yn y fath gyflwr a wnaeth iddo ddiflannu fel'na. Dyn balch oedd Mr Owen.

Yn fy fflat, fy nghartref newydd, deuai digalondid i'm plagio weithiau; y lle ei hun a oedd yn gyfrifol am hyn. Yn dywyll, yn oer, yn ogofaidd, yn danddaearol, fe deimlai fel gwâl neu ffau rhyw anifail neu anghenfil atgas—a finnau wedi tresmasu ar ei diriogaeth fel rhyw fath o gog; dim ond mater o amser oedd hi cyn y dychwelai'r ddraig i adfeddiannu'r lle. Yn llai ffantasïol, synhwyrwn fod rhywbeth erchyll wedi digwydd yno rywbryd. Wedi'r cyfan, roedd yn lle delfrydol i lofruddio rhywun. Dim perygl i neb weld gan nad oedd ffenestri, dim perygl i neb glywed chwaith gan fod y lle o dan y ddaear. Yn y nos, weithiau, wrth imi ddiffodd y golau i fynd i gysgu, teimlwn yn nerfus iawn fel petawn i'n synhwyro ar fy nghlust fewnol sgrech o'r gorffennol. Droeon eraill, teimlwn rywbeth yn symud tuag ataf yn y tywyllwch. Er mwyn goresgyn fy ofnau, a meddu ar dipyn o rym, fe benderfynais gadw cyllell fawr o dan fy ngobennydd.

O bryd i'w gilydd, gwelwn Dr Llywelyn. Cyfarfyddwn ag ef yn aml wrth ddrws y tŷ. Byddai'n welw, a chleiog ac yn sombïaidd o ddi-wên, ond byddai bob amser yn barod i geisio tynnu sgwrs. Siaradai am gyflwr y byd. Ni welai ddim gobaith i'r hil ddynol.

'Beth am arlywydd America, Mr Cadwaladr? Mae e'n wallgof, yn wirion. Gwaeth na Reagan a Bush, yn fwy o siom na Clinton, yn fwy amheus na Nixon hyd yn oed.

Yn aros am ei gyfle i wasgu'r botwm 'na a'n chwythu ni i gyd i ebargofiant, Mr Cadwaladr.'

'Arswydus, Dr Llywelyn,' meddwn i, gan gydsynio'n ddyhuddol â phopeth a ddywedai, yn hytrach na dechrau dadl fawr, 'mae'n ofid inni i gyd.'

'Gofid? Gofid ofnadw baswn i'n dweud. Rhoi'r holl gyfrifoldeb yna i actor arall. Mae eisiau chwilio pennau'r Americaniaid i gyd am ddewis rhywun fel'na. Maen nhw'n meddwl bod dyn sydd wedi actio'r arlywydd mewn ffilm eilradd yn gymwys i fod yn arlywydd go-iawn. Be' sy'n bod ar bobl?'

'Dwn i ddim yn wir.'

'A beth am Ysgrifennydd Cyffredinol newydd y Cenhedloedd Unedig? Ffasgydd eto. Gwaeth na Waldheim. O leiaf roedd hwnnw'n ceisio cuddio'r ffaith ei fod yn Ffasgydd ond mae hwn yn Ffasgydd rhonc. Yn hollol agored ynglŷn â'i ddaliadau eithafol.'

'A dyna chi,' meddwn i, 'y Cenhedloedd Unedig roes e yn ei safle presennol. Dylen nhw wybod yn well.'

'A be' sy'n mynd i ddigwydd i'r wlad 'ma? Bydd Etholiad Cyffredinol arall cyn bo hir. Sawl un ŷn ni wedi'i gael yn ystod y blynyddoedd diwetha', d'wch? Dw i wedi colli cyfri arnyn nhw i gyd. Newid llywodraeth o hyd a phob un cynddrwg â'r un flaenorol, os nad yn waeth. A bydd rhaid i'r rhain ildio'u lle cyn bo hir yn ôl pob tebyg, fel y mae pethau'n edrych nawr. A be' sy'n mynd i ddigwydd i'r blaned wedyn?' meddai (roedd Dr Llywelyn yn wyrdd), 'yr holl sbwriel rŷn ni'n ei gynhyrchu bob dydd, yr holl fforestydd rŷn ni'n eu difa bob dydd dim ond i gyflenwi gwanc dyn am bapur. Dw i'n mynd â'm holl bapur, hen bapurau, i'r bin ailgylchu, ond pa ots ydy hynny, pa wahaniaeth wna hynny? Affliw o ddim, pisio dryw yn y môr.'

'Ond mae rhaid inni wneud rhywbeth, on'd oes?'

'Mae'n rhy hwyr. Wedi anwybyddu'r arwyddion yn rhy hir. Os nad ŷn ni'n mynd i'n chwythu'n hunain i fyny, rŷn ni'n siŵr o ddifetha'n hamgylchfyd cyn bo hir fel na all neb fyw ar y ddaear 'ma. Meddyliwch am yr holl geir sydd yn y ddinas hon. Neb yn cerdded bellach, pawb yn mynd yn ei gar ei hun ar ei ben ei hun a phawb yn credu fod ei gar yn wirioneddol hanfodol iddo. A phawb ar frys. Mynd, mynd, mynd. Ond i ble? I ddifancoll, Mr Cadwaladr. Rŷn ni i gyd yn mynd i ddifancoll.'

Dwysáu fy nigalondid rywsut a wnâi pregethau Dr Llywelyn.

4

Nid yn y ddinas, nid yn y llyfrgell, nid yng Nghanolfan y Celfyddydau, nac yn y parc chwaith, y gwelais Ann Griffiths eto. Eithr fe'i gwelais ar y teledu. Aethai tua dwy flynedd heibio.

Roedd y Prif Weinidog, Llafur ar y pryd, wedi cyhoeddi dyddiad yr Etholiad Cyffredinol ac ar raglen Gymraeg fe ofynnwyd i nifer o bobl flaenllaw yng Nghymru am eu hymateb i'r newyddion.

Un o'r rhai a holwyd (roeddwn i wedi colli dechrau'r rhaglen) oedd dyn busnes trwsiadus â gwallt wedi britho. Roedd rhywbeth cyfarwydd yn ei gylch ond ni allwn ei leoli yn fy nghof. Yna, dywedodd cyflwynydd y rhaglen (rhyw ferch wên-o-glust-i-glust â gwallt metalaidd a dillad costus a meddwl-ei-hun) y byddai'r dyn hwn yn sefyll dros y Torïaid yn y ddinas. Cyn iddyn nhw ddweud ei enw mi wyddwn pwy oedd e—y dyn a welswn gydag Ann Griffiths y diwrnod hwnnw, amser maith yn ôl, yng nghyntedd y siop.

Daeth y digwyddiad nesaf fel taranfollt yn uniongyrchol o'r nen wedi'i hanelu'n syth at fy mhen.

'Mae'r teulu Griffiths,' meddai'r cyflwynydd, 'yn gobeithio creu hanes *history* yn yr etholiad *election* hwn. Oherwydd nid yn unig Mr Edward Griffiths sy'n gobeithio ennill sedd i'r Torïaid y tro 'ma ond y mae ei chwaer, Miss Ann Griffiths, yn ymgeisydd *candidate* dros y blaid hefyd. A dyma hi i gael gair 'da ni nawr.'

A dyna lle'r oedd hi, ar y teledu, wrth ochr ei brawd, wedi'i gwisgo mewn glas i gyd: clustdlysau gleision, brois las ar lapel ei siaced las, lliwiau glas ar ei hamrannau, gwawr las i'w gwallt hyd yn oed.

'Dw i'n falch fod y Prif Weinidog wedi mynd i'r wlad o'r diwedd,' meddai, 'ac mae hyn yn gyfaddefiad o'r ffaith fod ei blaid wedi gwneud cawl o bethau.'

'Nawr mae'ch brawd yn ymladd sedd ymylol *marginal* yn y ddinas,' meddai'r cyflwynydd, 'ond rydych chi'n gobeithio ennill sedd oddi ar y Blaid Lafur yn y Cymoedd, un o gadarnleoedd y Sosialwyr *Socialists*. Oes gobaith i chi ennill?'

'Oes. Mae'n bryd inni gael newid yn y Cymoedd ac mae pobl De Cymru wedi cael digon o'r Llywodraeth Sosialaidd hon, fel pawb arall, ac maen nhw'n mynd i bleidleisio i mi. Cewch chi weld, bydd 'na *swing* anferth yn ôl at y Ceidwadwyr yn yr Etholiad hwn.'

'Edward ac Ann Griffiths, diolch i chi'ch dau, a phob lwc.'

Yn ystod yr wythnosau a ddilynodd y darllediad hwnnw, gwelid wynebau'r Griffithiaid ym mhobman. Roedd wyneb Edward Griffiths yn amlwg yn y ddinas lle'r oedd e'n sefyll yn erbyn y Blaid Lafur, ar hysbysfyrddau, ar bosteri mewn ffenestri tai a siopau ac ar sticeri ar geir ac ar fathodynnau. Am bob poster yn hybu'r Aelod Seneddol Sosialaidd, gwelid pum poster yn hybu Edward Griffiths. Pe bai'r Etholiad wedi dibynnu ar bosteri, buasai Edward Griffiths wedi ennill yn rhwydd. Ar rai posteri, yn enwedig y rhai mawrion, dangosid llun o'r brawd a'r chwaer yn wên o glust i glust, eu breichiau yn yr awyr a'r gorchymyn oddi tanynt: 'Pleidleisiwch Griffiths'.

Fe wnes i gamgymeriad. Roedd chwilfrydedd yn drech na fi. Cymerais fws i'r cwm lle'r oedd Ann Griffiths yn sefyll ac roedd ei phropaganda hi yr un mor amlwg os nad yn fwy ymwthiol hyd yn oed na'r eiddo ei brawd yn y ddinas. Serennai'i gwên o bob yn ail dŷ, er mawr syndod i mi.

Clywais hen wraig ar y radio'n dweud ei bod wedi byw yn y cwm ar hyd ei hoes a'i bod wedi pleidleisio i'r Blaid Lafur er dyddiau Aneurin Bevan ond y tro hwn, am y tro cyntaf, ei bod hi'n mynd i bleidleisio dros y Tori Ann Griffiths, 'Oherwydd ei bod hi'n fenyw mor ffein a gonest a bydd hi'n gallu sorto'r economi ma's'.

Un diwrnod, a minnau wedi bod yn siopa yn y ddinas, dychwelais i'r fflat a gwelais fod Dr Llywelyn wedi gosod posteri'r Blaid Werdd yn ei ffenestri. Ond ei dŷ ef oedd yr unig un. Yn ffenestri'i gymdogion o'i ddeutu, gwelid posteri Edward Griffiths, ac roedd gweddill ffenestri'r stryd yn arddangos yr un posteri hefyd. Ar y pryd, roedd tri char wedi'u parcio o flaen y tŷ a sticeri Griffiths yn las ar y tri ohonyn nhw.

Gan nad oedd gen i'r un ffenestr na char, yr unig ffordd y gallwn i ddangos f'ochr oedd drwy wisgo bathodyn. Ond un diwrnod, roeddwn i'n teithio mewn bws a sylwais mai fy mathodyn Plaid Cymru i oedd yr unig un; roedd pawb arall yn gwisgo bathodynnau Edward ac Ann Griffiths.

Noson arall, ar drothwy'r Etholiad, cofiaf wylio trafodaeth rhwng pedwar ymgeisydd yn cynrychioli pedair plaid. Yn eu plith, yn cynrychioli'r Torïaid, roedd Ann Griffiths. Sylwadau Ann Griffiths yw'r unig rai a erys yn fy nghof.

Gofynnwyd cwestiwn am yr economi a dywedodd Ann Griffiths:

'Dyw'r Sosialwyr ddim yn gwybod dim am yr economi fel maen nhw wedi profi drosodd a throsodd mewn Llywodraeth ar ôl Llywodraeth. Yr hyn sydd 'i eisiau i wneud y wlad hon yn ffyniannus unwaith eto yw aelodau seneddol sy'n gwybod sut i drafod materion ariannol. Cymerwch fy mrawd, er enghraifft (y gynulleidfa'n chwerthin, Ann yn gwenu'n ddoeth), mae e'n ddyn busnes, wedi bod yn ddyn busnes ar hyd ei oes. Rydw i'n ddynes fusnes (rhagor o chwerthin). Mae'n busnes yn llewyrchus, y gweithwyr yn hapus, (chwerthin yn y gynulleidfa), gofynnwch iddyn nhw! Dyn busnes oedd ein tad. Mae byd busnes ym mêr ein hesgyrn ni. Dyna'r ffordd i redeg y wlad.' (Cymeradwyaeth.)

Gofynnwyd cwestiwn am yr iaith Gymraeg. Ateb Ann Griffiths oedd:

'Dw i'n Gymraes Gymraeg. Roedd fy nhad yn fardd. Does neb yn caru'r iaith Gymraeg yn well na fi. Ond nid elusen mo'r iaith. Bydd rhaid cwtogi ar yr arian y mae rhaglenni teledu a radio yn ei gael gan y llywodraeth ar hyn o bryd. Bydd rhaid dileu grantiau i gynhyrchu llyfrau Cymraeg, hefyd, oni bai fod y llyfrau'n gwneud gwell elw. A dydw i ddim yn gweld pam y dylai'r Llywodraeth roi ceiniog o gymorth i'r Eisteddfod chwaith. Na, rhaid i'r iaith Gymraeg sefyll ar ei thraed ei hun, fel pawb a phopeth arall.' (Cymeradwyaeth.)

Gofynnwyd cwestiwn ynglŷn ag iwthanasia ac atebodd Ann Griffiths yn syth mewn llais dwys:

'Pan fo bywyd yn mynd yn ddim byd ond dioddefaint ac yn faich, heb obaith cael gwellhad, pan fo bywyd yn ddim mwy na bodolaeth sy'n dibynnu ar gyffuriau a pheiriannau a nyrsio bedair awr ar hugain a phan fo bywyd yn colli urddas yn gyfan gwbl, a phan fo rhywun mewn poen ac eisiau marw, yn crefu am gael marw a chael ei ollwng o'i boen—ydw, rydw i o blaid iwthanasia.' (Cymeradwyaeth.)

Gofynnwyd cwestiwn ynglŷn ag erthylu ac atebodd Ann Griffiths fel bwled:

'Rydw i'n bendant iawn yn erbyn erthylu. Pan fo plentyn wedi dechrau tyfu yn y groth, mae'n blentyn, yn fod dynol, yn unigolyn a does gan neb yr hawl i derfynu'i fywyd. Mae bywyd yn sanctaidd!' (Cymeradwyaeth.)

Gofynnwyd cwestiwn ynglŷn â chrogi a dywedodd Ann Griffiths:

'Mae'n bryd—yn hen bryd—i adfer y crocbren. Rŷn ni'n trin ein terfysgwyr a'n llofruddion yn well yn y wlad hon, fel y mae pethau nawr, (chwerthin yn y gynulleidfa) nag rŷn ni'n trin pobl barchus. Mae pob llofrudd yn gwybod mai'r peth gwaetha a allai ddigwydd iddo yw iddo gael ei garcharu am gyfnod—ac mae'n carchardai heddiw yn debycach i westai (chwerthin a chymeradwyaeth). Mae eisiau adfer y crocbren yfory!' (Bloeddiadau o gymeradwyaeth.)

Yna, mewn papur Sosialaidd, gwelais erthygl ar y brawd a'r chwaer llwyddiannus a gobeithiol yr oedd pawb yn siarad amdanyn nhw. Dilornwyd Ann Griffiths am sefyll dros y Torïaid yn un o ardaloedd mwyaf dirwasgedig De Cymru oherwydd nid oedd hi na'i brawd yn gwybod dim am dlodi, a hwythau'n blant i ddyn cyfoethog ac yn filiwnêrs, ill dau.

Felly, roedd Ann Griffiths yn filiwnyddes. Pam y daeth hi i'm dosbarth a'm fflat? Efallai ei bod, fel Catherine Deneuve yn y ffilm *Belle de Jour* gan Bunuel, yn fenyw gyfoethog a gâi ryw fath o wefr rywiol o'i hiselhau'i hun. Roedd Ann Griffiths yn fwy o ddirgelwch nag erioed.

Yna, ymddangosodd erthygl ar y ddau mewn cylchgrawn Sul sgleiniog, erthygl lawer mwy ffafriol ei hagwedd. Gyda'r erthygl, roedd 'na lun o'r ddau yng ngardd fawr eu cartref palasaidd, enfawr. Roedd 'na lun o Edward a'i geir, ei *Bentley*, ei *Alvis* a'i *Rover*—yn union fel yr oedd Ann Griffiths wedi dweud. Yn ôl yr erthygl, roedd Edward Griffiths wedi cael addysg dda, wedi bod mewn ysgol fonedd ac yn Rhydychen. Ond prin oedd addysg ffurfiol Ann, er ei bod wedi cael llawer o diwtoriaid preifat da. Eto, yn ôl yr erthygl, yn ystod y

142

chwe-degau bu Ann Griffiths yn *socialite* enwog yn Llundain ac roedd 'na lun du a gwyn ohoni mewn parti, yn gwisgo sgert fer, a gwydr o siampên yn ei llaw a Brian Jones ar y naill ochr iddi a Simon Dee ar yr ochr arall. Felly, yr oedd rhan arall o'i stori yn wir. Dangosai'r llun yn amlwg nad oedd hi ddim yn dlawd nac yn neb nac ar ei phen ei hun yn Llundain y pryd hynny.

Aeth yr erthygl ymlaen i ddweud bod y brawd a'r chwaer wedi cael dwy brofedigaeth drist pan fu farw eu tad ar ôl colli'i frwydr yn erbyn alcoholiaeth a phan gollodd eu mam frwydr hir yn erbyn cancr.

Dyna pryd y cofiais fod Ann Griffiths wedi dweud nad ei brawd oedd y dyn a welswn gyda hi yn y ddinas eithr ei chariad, pan wadodd ei storïau i gyd. Onid oedd hi wedi gwadu iddi erioed fyw yn Llundain hefyd y diwrnod hwnnw? Ac onid oedd hi wedi honni bod ei thad a'i mam yn dal yn fyw? Roedd ei stori'n llawn tyllau ac roedd hi wedi dweud pethau wrthyf sydd, er na allwn brofi'r un ohonyn nhw, yn werth eu cofnodi'n flêr fel hyn. Efallai fod rhywfaint o wirionedd ynddyn nhw wedi'r cyfan.

Roedd noson yr Etholiad Cyffredinol yn alaethus o drist a thorcalonnus, yn wir. Ar y teledu, yng nghwmni Dr Llywelyn yn ei lolfa (cawswn wahoddiad i ymuno ag ef i ddilyn y canlyniadau wrth iddynt gael eu cyhoeddi) gwyliais yr hunllef yn cael ei gwireddu.

Collodd Plaid Cymru bob sedd ond dwy a gwireddwyd geiriau Ann Griffiths. Enillodd y Torïaid gan gynyddu eu pleidlais yn syfrdanol a chawsant fwyafrif helaeth.

Ac ymhlith yr aelodau seneddol Ceidwadol a etholwyd roedd Edward ac Ann Griffiths.

Aeth blwyddyn arall heibio a dyrchafwyd Ann Griffiths i swydd yn y Cabinet. Bûm innau'n pendilio rhwng rhengoedd y di-waith a gwaith ysbeidiol, tymhorol y dosbarthiadau nos.

Yna, un diwrnod, gwelais Mr Owen yn y ddinas, yn wan ac yn denau ac yn frwnt. Roedd ei gyfnither yn ei drin e'n wael. Roedd e'n felyn a golwg Glyn Cysgod Angau arno.

'Cha' i ddim aros yn y tŷ yn ystod y dydd. Mae Doli yn 'y ngorfodi i i fynd allan am wyth o'r gloch yn y bore, sdim ots am y tywydd, a feiddiwn i ddim mynd 'nôl cyn chwech yn y nos. Hi sy'n cymryd y budd-dal dw i'n ei gael ac yn rhoi'r rhan fwyaf ohono i'w meibion sy'n meddwi ac yn cymryd cyffuriau. Maen nhw'n gas wrtha i. Dw i'n meddwl bod Doli yn ceisio fy lladd i ac mae hi'n mynd i lwyddo os na cha' i rywle arall i fyw cyn bo hir. Ond pa obaith sy 'da fi, boi?'

Clywais Ann Griffiths ar *Beti a'i Phobl*. Soniodd am bwysigrwydd ei magwraeth Gymreig a chrefyddol ac am ei ffydd Gristnogol a dewisodd recordiau fel '*Jesu Joy of Man's Desiring*,' Bach, Mozart a Wagner, un o ganeuon Leonard Cohen a Chwm Rhondda.

Yn ffilm Alfred Hitchcock, *The Birds*, y mae Tippi Hedren yn mynd i'r ysgol i gwrdd â'r ferch y daethai'n gyfeillgar â hi, os ydw i'n cofio'n iawn; beth bynnag, mae hi'n mynd i'r ysgol ac yn eistedd ar fainc y tu allan i ddisgwyl am y ferch. Yn yr ysgol, mae'r wers yn dirwyn i ben ac mae'r plant yn canu cân gynyddol, ar batrwm

Cyfri'r Geifr, ond mewn Americaneg. Daw aderyn i glwydo y tu ôl i Tippi Hedren heb yn wybod iddi; mae hi'n smygu sigarét. Aderyn mawr du, ych-a-fi, jac-y-do neu frân yw e. Yna, daw un arall ac un arall ac un arall, un yn dilyn y llall. Daw mwy a mwy o adar wrth i'r gân yn yr ysgol gynyddu a chynyddu. Ar y dechrau, nid yw Tippi Hedren yn ymwybodol ohonyn nhw. Yna, mae hi'n sylwi ar aderyn yn yr awyr ac yna mae hi'n edrych y tu ôl iddi ac yn cael sioc o weld yr holl adar duon yn sbio arni ac yn clwydo ar ffrâm ddringo'r ysgol, yn aros am y plant. Mae'r olygfa'n llawn tyndra oherwydd y teimlad o fygythiad, y perygl i'r plant ac arafwch Tippi Hedren i wneud rhywbeth! Yn y diwedd, ar ôl iddi weld yr adar a'r perygl, mae hi'n mynd i'r ysgol i rybuddio'r athrawes ac mae'r plant yn cael eu tywys allan o'r ysgol. Wedyn, maen nhw'n gorfod rhedeg am eu bywydau ar hyd y stryd i ddiogelwch eu cartrefi, a'r brain yn eu pigo nhw ar eu hynt. Ac nid yw pob plentyn yn cyrraedd diogelwch mewn un darn. Mae'r brain yn dwyn i gof Ganu Llywarch Hen. A'r hyn sy'n wych am y ffilm yw na chawn unrhyw esboniad am ymosodiad yr adar.

Yna, gwelais erthygl arall ar Ann Griffiths mewn cylchgrawn sgleiniog. Darllenais y catalog o'i llwydd-iannau, a darogenid, ar ôl ei phenodiad i'r Cabinet, y câi fod yn Brif Weinidog dim ond iddi weithredu tipyn o amynedd. Roedd hyn yn anochel, meddai'r erthygl, roedd hi mor boblogaidd o fewn ei phlaid.

Ac yna, fe'i gwelais ar y teledu eto yn sgwrsio â Terry Wogan. Terry a hithau'n cogio bod yn hen, hen ffrindiau a'r ddau'n gwneud jôcs am ben ei gilydd am y gorau.

Gofynnwyd iddi pam yr oedd hi wedi penderfynu mentro i fyd gwleidyddiaeth mor sydyn ac mor annisgwyl. Penderfyniad od i fenyw o'i hoedran hi (chwerthin). 'Oherwydd,' meddai, 'gwelais fod y wlad mewn cymaint o drafferth a bod anfoesoldeb yn rhemp; rhaid i rywun gymryd yr awenau. Roedd rhywun yn gorfod gwneud rhywbeth pendant.'

Dyna pryd y penderfynais ei bod hi'n amserol imi atgoffa Ann Griffiths o'n cyfeillgarwch gynt. Nid oedd dod o hyd i gyfeiriad ffigur mor gyhoeddus yn orchest.

Annwyl Ann Griffiths,

Maddeuwch y nodyn anffurfiol hwn. Efallai y cofiwch i chi fynychu fy nosbarthiadau nos yn Llenyddiaeth Gymraeg yr Ugeinfed Ganrif sawl blwyddyn yn ôl bellach.

Aethon ni am dro yn y parc gyda'n gilydd unwaith a thynnais lun ohonoch chi, a thynnwyd llun arall ohonom ni'n dau gan fenyw a oedd yn pasio ar y pryd. Yr wyf yn cofio i chi ofyn am gopïau o'r lluniau hyn ond tan yn ddiweddar anghofiais yn llwyr amdanynt. Eich gweld chi ar y teledu y noson o'r blaen a brociodd fy nghof. Felly, dyma fi'n amgáu'r lluniau i chi gyda'r llythyr hwn.

A gaf i achub ar y cyfle hwn i'ch llongyfarch ar eich llwyddiant yn y byd gwleidyddol.

Ni chefais ateb i'r llythyr hwnnw. Mor debyg i'n Prifeirdd yw ein gwleidyddion mewn rhai pethau, meddyliais, gan gofio am yr awdl a gollwyd. Ysgrifennais ati eto gan sôn am broblemau fy ffrind, Mr Owen.

Yn yr un llythyr crybwyllais, wrth fynd heibio, i mi dynnu lluniau eraill ohoni un noson arbennig, heb ei chaniatâd. Ac awgrymais, yn gynnil, nad oedd y lluniau hynny'n gwneud cyfiawnder â hi ar gyfrif natur yr amgylchiad. Dywedais y byddwn yn fodlon anfon ffotocopïau clir ohonyn nhw iddi pe dymunai hynny.

Fel y disgwyliwn, cefais ateb ffurfiol, surbwch, swyddogol ar bapur y senedd yn gwrthod y lluniau a'm cynnig caredig ac yn bygwth cyfraith arnaf.

Efallai'i bod hi'n amau bodolaeth y lluniau. Dyna pryd y penderfynais ddefnyddio'r dechnoleg ddiweddaraf a ffacsio'r lluniau i'w swyddfa. Cefais foddhad wrth ddychmygu'r lluniau'n treiddio trwy'r gwifrau hir ac yna'n cael eu chwydu allan yn swyddfa Ann Griffiths lle y câi ei hysgrifenyddesau eu hedmygu cyn eu dangos iddi. Gallai'i chydweithwyr amau dilysrwydd y ffoto-graffau ond mi wyddwn y byddai Ann Griffiths ei hun yn gwerthfawrogi'u gwirionedd unwaith y gwelai hi hwy.

Ychydig wythnosau'n ddiweddarach, cefais lythyr o'r *Pine Trees Nursing Home for Distressed Gentlefolk* yn fy hysbysu bod preswylydd newydd yno o'r enw Mr Oliver Owen wedi bod yn holi amdanaf. Felly fe es i chwilio amdano.

'Sut wyt ti, boi?' oedd cyfarchiad Mr Owen. Edrychai'n well o lawer. Yn binc eto, yn lân ac yn llawen.

'Sut ŷch chi'n licio'ch cartre newydd, Mr Owen?'

'O! mae'n braf iawn. Dyma fy stafell i fy hun, *en suite* fel maen nhw'n 'i ddweud; gwely cyffordus; lle i eistedd. Ac edrych allan drwy'r ffenest ar yr olygfa hyfryd 'na—y gerddi a'r lawntydd, a'r perthi a'r blodau. A'r coed, wrth gwrs, sy'n rhoi'r enw i'r lle, y pîn. Pan fo'r tywydd yn braf, galla i fynd am dro. Ond ar hyn o bryd, dw i wrth fy modd yn aros yma ar bwys y tân yn gwylio'r teledu.'

'Beth am y bwyd?'

'O! mae'n wych. Brecwast o wyau a bacwn a thost a marmalêd. Cinio ardderchog yn amrywio o ddydd i ddydd—cyw iâr, cig eidion, cig moch. O! mae'n ddrwg gen i, dwyt ti ddim yn byta cig, nac wyt ti, boi? Ond 'na fe, mae'r bwyd yn ardderchog.'

'Ac mae llun o'ch mam ar y wal.'

'Oes. Fe lwyddais i gadw un.'

'Mr Owen, dw i wedi dod ag anrheg i chi.'

'O! beth yw e? Dw i'n licio anrhegion.'

'Agorwch y bocs.'

'O! arth bach melyn. Yn gwmws fel Cadwaladr druan a gollais i, gyda'r lleill. O! diolch, diolch o galon, Mr Cadwaladr. Diolch am bopeth. Nid yn unig am y tedi bêr 'ma ond am bopeth arall hefyd. Am ffeindio'r cartre 'ma i mi.'

'Ond, Mr Owen, nid i fi y mae'r diolch am hynny.'

'Paid â dweud celwyddau wrtha i, boi. Maen nhw'n dweud wrtha i mai rhyw "berthynas" oedd wedi gadael arian i mi. Ond o'n i'n gwbod taw celwydd oedd hwn'na achos does gen i ddim perthnasau ar wahân i Doli a'i meibion a does dim arian 'da nhw. Na, ro'n i'n gwbod mai ti oedd y tu ôl i'r peth.'

'Ond, Mr Owen, does gen i mo'r arian i'ch cadw chi mewn lle fel hwn.'

'Ond mae dylanwad 'da ti, on'd oes, boi? Ac mae dylanwad yn werth mwy nag arian.'

148

Mae Ann Griffiths yn anelu am rif deg Stryd Downing ond mae gen i gymwynasau eraill i'w hawlio ganddi. Mae gen i ffrindiau eraill. Pobl y llyfrgell, er enghraifft, Ceryl a Siriol, Dr Llywelyn a Llysnafedd. Dw i wedi ysgrifennu ati hi eisoes. Hyd yn hyn dyw hi ddim wedi ateb. Ystyried pethau y mae hi, debygwn i. Ond dw i'n siŵr y bydd hi'n barod i gydymffurfio—wedi'r cyfan, mae'r lluniau'n dal yn fy meddiant, ac y mae pobl yn cofio'i gweld hi yn fy nghwmni; Mr Owen, Robin a'i fodryb, Siriol a Ceryl, Llysnafedd, Mrs Morton, y dyn bach â'i rifau coch a du. Ac, wrth gwrs, mae gen i storïau, yr holl storïau hyn amdani. Dw i'n siŵr na fyddai'n dymuno i mi rannu'r storïau â neb.

Pan fyddaf yn meddwl am y noson honno y rhoddais yr enw Ann Griffiths ar y cerdyn hwnnw, meddwl am fy nyfodol roeddwn i, ystryw i gynnal y dosbarth ydoedd. Ac yn awr mi fydd hi'n fy nghynnal eto; o leiaf dydw i ddim yn poeni am fy nyfodol, am y tro. Mae popeth yn dibynnu arni hi.

Mae'n beth rhyfedd. Pan fyddaf yn cofio'r noson honno pan roddais yr enw Ann Griffiths ar y cerdyn hwnnw, a phan ddaeth hi i mewn i'r dosbarth ar y diwedd a dweud mai Ann Griffiths oedd ei henw, byddaf yn dechrau teimlo mai y fi a'i dyfeisiodd hi o'm pen a'm pastwn fy hun.

LIBRARY
BRADALLO TECHNICAL COLLEGE